ALEXANDER KÜHL
STONE

GERECHTIGKEIT GIBT ES NUR IN DER HÖLLE

STONE – Gerechtigkeit gibt es nur in der Hölle
2. Auflage
Copyright © 2024
Alexander Kühl

Lektorat: Marion Mergen
Cover: Rainer Wekwerth
Vanessa-Logo: Markus Lawo
Covergrafik: Andriy Petrenko@fotolia.com

ISBN: 978-3-7693-2645-1

E-Mail: info@alexander-kuehl.net
Website: www.alexander-kuehl.net

Facebook-Seiten:
www.facebook.com/alexander.frost
www.facebook.com/Offizielle-Seite-Alexander-Kühl

Facebook-Gruppen:
Stone-Crew

EIN HARDBOILED THRILLER

Bibliografische Information der Deutschen
Nationalbibliothek: Die Deutsche Nationalbibliothek
verzeichnet diese Publikation in der Deutschen
Nationalbibliografie; detaillierte bibliografische Daten sind im
Internet über http://dnb.dnb.de abrufbar.

© 2024 Alexander Kühl
Verlag: BoD · Books on Demand GmbH, In de Tarpen 42,
22848 Norderstedt, bod@bod.de
Druck: Libri Plureos GmbH, Friedensallee 273,
22763 Hamburg

ISBN: 978-3-7693-2645-1

Über das Buch:

Ausgerechnet im Finale der deutschen Meisterschaft verliert Robert Stein seinen ersten Boxkampf. Dabei zieht er sich eine schwere Kopfverletzung zu, die das Aus seiner Karriere bedeutet. Durch Zufall erfährt er von einem Auswanderer, der in Nordamerika Schaukämpfe veranstaltet und damit jede Menge Geld verdient.

Stein nimmt den Namen Rob STONE an und geht einen Deal ein, der sein Leben für immer verändert. Nach einem seiner Kämpfe wird Stone von der Organisation *Vanessa* rekrutiert, die vermisste Kinder aufspürt und ehemalige Kampfsportler zu erbarmungslosen Söldnern ausbildet. Stone soll eine dieser kaltblütigen Kampfmaschinen werden.

Gerechtigkeit gibt es nur in der Hölle …

Über den Autor:

Alexander Kühl wurde am 4. Mai 1973 in Berlin geboren. Heute lebt er in Thüringen gemeinsam mit seiner Frau und zwei Kindern. Bereits als kleiner Junge entwickelte er apokalyptische Weltuntergangsgeschichten mit denen er nicht nur seine Eltern schockte. Ein denkwürdiger Strafaufsatz mit dem Titel »Eine Banane ist ein wundervolles Wurfgeschoss« motivierte den damaligen Schüler dazu, weitere Geschichten niederzuschreiben und an seinem Traum festzuhalten, der Schriftstellerei. In der Jugend wurde er von dystopischen Albträumen heimgesucht, welche er zum Zwecke der Verarbeitung schließlich niederschrieb. Seinen Debütroman „Runaways- Die Gesetzlosen" veröffentlichte er 2017 allerdings im Hardboiled Genre. Dieser brachte ihm nicht nur den Titel des "Quentin Tarantino der Autoren" ein, sondern katapultierte ihn auch auf die Amazon Bestseller Charts bis auf Platz vier. Es folgten Science-Fiction Geschichten und diverse Thriller. Der mittlerweile etablierte Autor ist zudem Gründungsmitglied und Namensgeber des STRANGE TALES CLUBs, einem Autoren-Kollektiv, welches das „Miteinander statt gegeneinander" exzessiv auslebt. Der Leiter eines Web-Radios für Künstler ist außerdem bekannt dafür, dass er Projekte auf die Beine stellt, welche die Leser mit einbeziehen. Sein bekanntestes ist hier wohl das "Stone-Projekt", in welchem Fans Charaktere in mehreren Bänden bekommen konnten.

Gedankenversunken saß ich an meinem Schreibtisch. Ich war mit Rob Stone unterwegs und durchlebte gerade Höllenqualen. Meine Gedanken mussten sich dem Unfassbaren stellen. Sie mussten Bilder erzeugen, die man sich nicht vorstellen vermag. Ich musste da durch. Es sehen, riechen und fühlen. Und es raubte mir die Kraft, nahm mir die Hoffnung. Unweigerlich wurde ich gezwungen, mich mit einem inneren Konflikt auseinanderzusetzen. Einem Konflikt, der mir vor Augen führte, dass mit dieser Welt etwas nicht stimmt, der Emotionen weckte, die ich nicht ertragen konnte. Der aufzeigte, dass wir Menschen sind.

In diesem Zustand saß ich nun vor meinem PC und arbeitete an diesem Buch, als ich plötzlich eine Stimme hörte, die mich aus meinen Gedanken riss: »Ist alles in Ordnung?«

Es war die Stimme meines Sohnes, der mich in Grübeleien vertieft am Schreibtisch vorfand. Wahrscheinlich war gerade mein Gesichtsausdruck kein fröhlicher. Ich sagte ihm, dass alles in Ordnung sei und ich zurzeit an etwas schreiben würde, was mir alles abverlangte. Er war beruhigt. Ich nicht.

Diese Gedankenverlorenheit begleitete mich über die gesamte Schaffensdauer dieses Projektes. Es blieb nicht aus, dass ich am Abendbrottisch mental abwesend war. Aber ich musste mich auf diese Geschichte einlassen. Es war nötig, diese inneren Konflikte auszufechten und mich mit Bildern in meinem Kopf zu quälen. Ich bin mit Stone da durchgegangen und suchte mit ihm nach einer Antwort auf die Frage: Warum? Warum sind wir Menschen so, wie wir sind?

Trotz dieser intensiven negativen Emotionen habt ihr mich durch dieses Projekt getragen. Denn ihr wart an meiner Seite, an der Seite von Stone. Ihr habt dafür gesorgt, dass er nicht aufgibt. Danke.

Alexander Kühl, April 2019

PROLOG

Ein stechender Schmerz drang über Robert Steins Stirn. Rasend schnell breitete sich dieser in seinem Kopf aus und schlug schließlich wie ein Blitz über die Wirbelsäule in seinen Oberkörper ein. Ein grauer Schleier legte sich über seine Augen und sein Blick wurde trüb. Er gab seine Deckung auf. Die nächste Schlagkombination seines Gegners nahm er kaum noch wahr. Sie hinterließ einen Cut über seiner rechten Augenbraue. Jeder Faustschlag von Arthur Abramczik landete mit voller Wucht in seinem Gesicht. Der letzte brach ihm das Nasenbein. Blut spritzte aus seiner Nase und sprühte in den Boxring der Max-Schmeling-Halle.

Robert hörte den immer lauter werdenden Jubel der Zuschauer, der sich in ein einziges Rauschen verwandelte. Eine dunkle Leere beherrschte seine Sinne, bis sein gepeinigter Körper leblos auf den harten Boden des Rings knallte. Die Menge war außer sich. Der Ringrichter begann zu zählen.

Arthur Abramczik zappelte wie ein aufgeregtes Kind. Ungeduldig konnte er es kaum erwarten, bis endlich die Zehn heruntergezählt wurde. Schließlich war es so weit, das Finale der deutschen

Meisterschaft im Schwergewicht war vorüber. Genau wie Roberts Traum vom Titel.

KAPITEL 1

Robert Stein blickte auf den Tropf über seinem Krankenbett und beobachtete, wie sich dicke Tropfen auf den Weg in den Schlauch machten, der zu seiner Vene führte. Er hatte zunächst keine Orientierung. Er wusste nicht einmal, wie lange er seine Augen offenhielt, geschweige denn wie lange er bereits in diesem Bett lag. Sachte versuchte er zu rekapitulieren, was geschehen war. Er erinnerte sich, dass er zu Boden ging, und da es das Letzte war, woran er sich erinnerte, vermutete er, den Meisterschaftskampf verloren zu haben.

Stein hatte bereits frühzeitig gegen den Außenseiter Abramczik Probleme bekommen, als dieser merkte, dass etwas gegen den Favoriten möglich war. Den gesamten Kampf über hatte Robert große Mühe gehabt, die Deckung aufrechtzuhalten. Seine Fäuste schienen aus Blei zu sein. Immer wieder sackten sie nach unten und boten Abramczik gute Möglichkeiten zu intensiven Kopftreffern. Immer wieder rauschte eine heftige Linke zwischen Steins Deckung hindurch und hinterließ ihre brachiale Wirkung.

Er kniff die Augen zusammen, als wenn er erneut jeden Schlag spürte. Es war nicht die Niederlage gegen Abramczik, die ihn schmerzte. Die Niederlage am Vorabend tat ihm weh. Seine Frau Sabine hatte die Scheidung eingereicht. Vor Wochen war er auf ihren Wunsch hin aus der gemeinsamen Wohnung ausgezogen und hatte sich in eine Pension eingemietet. Sabine gab vor, Zeit für sich allein zu brauchen. Robert versuchte, Verständnis für Sabine aufzubringen, da sie in ihrem Job eine schwierige Phase durchmachte. Sie stand mächtig unter Druck und musste sich permanent beweisen. Er wunderte sich nicht, dass sie die Nerven verlor. Es passte sogar ganz gut in seine Vorbereitungsphase des Boxkampfes, dass sie sich aus dem Weg gingen. Am Vorabend des Kampfes hatte es Robert für eine gute Idee gehalten, seine Frau aufzusuchen. Doch ihr Gespräch eskalierte und der Abend endete damit, dass Sabine einfach kundtat, sie wolle sich scheiden lassen. Er erinnerte sich noch genau an ihre Worte und wie unfähig er gewesen war, darauf irgendetwas zu erwidern. Regungslos hatte er auf der schwarzen Ledercouch gesessen und den Boden angestarrt, während sie mit den Scheidungspapieren wedelte.

Er dachte an den Moment zurück, als er seine Scheu ablegte und diese hübsche Brünette mit den vollen Lippen an der Bar angesprochen hatte. Obwohl Robert bereits damals einen perfekt durchtrainierten Körper besaß und dadurch auf viele Frauen anziehend wirkte, tat er sich schwer. Auf viele wirkte seine Unbeholfenheit und Schüchternheit eher arrogant. Dadurch war sein Erfolg bei Frauen gleich null. Die Brünette mit der modischen Brille war ihm bereits öfter aufgefallen, doch hatte er nicht den Mut besessen, sie anzusprechen. Bis zu diesem Abend. Er sollte sein Leben verändern. Sabine schien wie für ihn gemacht zu sein. Sie himmelte den mit Muskeln bepackten ein Meter fünfundneunzig großen Hünen an. In seinen Armen konnte sie versinken, an seiner Schulter konnte sie sich anlehnen. Und er hatte endlich einen Menschen an seiner Seite, den er beschützen konnte. Immer wieder erinnerte er sich gern an diesen Abend zurück und doch verlor er ihn zunehmend aus den Augen. Seine Ziele nahmen immer mehr Platz ein.

Es herrschte eine ganze Weile beklemmende Stille, bis Sabine ihn aufforderte, zu gehen. Robert packte daraufhin einige Sachen in seinen Seesack und verließ wortlos die gemeinsame Wohnung. Hatte er seit Monaten keinen Tropfen Alkohol mehr getrunken, so kehrte er in seine ehemalige Stammkneipe ein und ließ sich dort volllaufen. Dass er am nächsten Tag den schlechtesten Kampf seiner Karriere hinlegen würde, wunderte ihn später nicht.

Die Schmerzen in seinem Kopf wurden stärker. Er wollte die Tropfen der Infusion nicht länger beobachten und schloss die Augen.

Ganze sieben Tage vergingen, bis Roberts Managerin Antje Glämmer ihren Schützling das erste Mal im Krankenhaus besuchte. Robert Stein saß gemeinsam mit seinem Bettnachbar Kim Song am Tisch und aß zu Mittag. Glämmer stand am Fenster des Krankenhauszimmers und blickte nach draußen. In der Szene der Reichen und Schönen trug sie den Beinamen *Miss Glamour.* Sie hatte einige Stars und welche, die es werden wollten, unter ihren Fittichen. Die erfolgshungrige Geschäftsfrau hatte aber auch keine Skrupel, alles abzustoßen, was keinen Erfolg mehr versprach. Robert wusste das, hatte sich aber bis zu diesem Tage nicht damit beschäftigt. Die Option, keinen Erfolg zu haben, gab es in seinem Leben nicht. Daher passten beide von Anfang an zusammen wie die Faust auf des Gegners Auge.

Mittlerweile dämmerte es dem deutschen Vizemeister, warum Glämmer ihn besuchte. Niemand sprach. Lediglich das Klappern der Löffel in den Tellern war zu hören. Roberts

Lieblingskrankenschwester Ulrike betrat das Zimmer, sie erfasste die Situation genau richtig.

»Ist jemand gestorben?«

Sie zog es vor, keinen weiteren kecken Spruch wie sonst zu bringen und das Zimmer wieder zu verlassen. Über Roberts unrasiertes Gesicht zuckte ein Schmunzeln. Er mochte den Humor von Schwester Ulrike. Dieser hatte ihm in den letzten Tagen geholfen, die Dinge anzunehmen, wie sie sind. Robert und Kim schwiegen weiter und aßen. Schließlich unterbrach Antje Glämmer die Stille und ignorierte, dass Stein nicht allein im Zimmer war.

»Diese Meisterschaft war fest eingeplant. Abramczik hätte dich niemals schlagen können, aber du musstest dir ja die Kante geben wegen Sabine.«

Stein reagierte nicht und löffelte seinen Milchreis.

»Abramczik hat dir so die Fresse poliert, dass die Schäden, die du davongetragen hast, dauerhaft bleiben werden. Der Boxverband wird dich nicht mehr zulassen. Du wirst nie mehr die Chance auf einen Meisterschaftskampf bekommen.«

Robert Stein reagierte immer noch nicht. Er hatte kein Bedürfnis, über dieses Thema zu sprechen, denn er wusste, dass er am Boden lag und seine Managerin, statt ihn aufzurichten, ihm womöglich den Todesstoß versetzen wollte. Mit großer

Wahrscheinlichkeit hatte Glämmer die vergangenen Tage damit verbracht, auszurechnen, wie viel Geld ihr wegen seiner Niederlage durch die Lappen gegangen war. Robert hatte aber so viel mehr verloren. Er hatte viel Zeit gehabt, darüber nachzudenken und zu realisieren, was passiert war. Alles, was ihm etwas bedeutete, hatte er nun verloren. Seine Ehe war zerbrochen und das Einzige, was er konnte, nämlich Boxen, durfte er nicht mehr.

Doch es war nicht nur das. Ihm war so einiges bewusst geworden. Robert hatte nichts anderes zu tun, als im Krankenbett zu liegen, den Wolken beim Vorbeifliegen oder den Tropfen im Infusionsschlauch beim Wandern zuzusehen.

Boxen war sein Leben. Alles hatte sich dem unterordnen müssen. Auch seine Frau Sabine. Alles war auf seinen Erfolg abgestimmt, es gab einen festen Zeitplan, um diese Ziele, die er hartnäckig verfolgte, auch zu erreichen. Die deutsche Meisterschaft sollte da nur der erste Schritt sein. Robert wollte einmal im Ring so gefürchtet sein wie sein großes Vorbild Wladimir Klitschko. Dass er das Zeug dazu gehabt hätte, wusste er. Seine Rechte war bereits jetzt bei seinen Gegnern sehr gefürchtet. Wenn er nicht mehr in den Ring stieg, würde die Konkurrenz mit hoher Wahrscheinlichkeit aufatmen.

Die Tatsache, dass er all das verloren hatte, schmerzte ihn. Sein Leben war ihm komplett entzogen worden. Zudem hatte er nicht einmal mehr eine Bleibe. Er war heimat- und arbeitslos. Robert hatte keine Orientierung mehr. Ja, schlimmer noch, er war fest davon überzeugt, dass er seinen Lebenssinn verloren hatte.

Antje Glämmer wandte sich vom Fenster ab und legte die Hand auf die rechte Schulter ihres Schützlings. »Unsere Zusammenarbeit endet damit. Es gibt für mich nichts mehr zu tun.«

Ohne weitere Worte nahm sie die Hand von seiner Schulter und verschwand.

Kim Song verdrehte die Augen. Der südkoreanische Kickboxer hatte in seinem letzten Kampf ebenfalls einiges einstecken müssen. Doch beide Sportler hatten bisher nicht viel darüber gesprochen. Sie waren sich mit ihrer Wortkargheit ziemlich ähnlich.

Plötzlich stand Kim auf, lief zu seinem Nachttisch und holte aus seinem Portemonnaie eine Visitenkarte. Schließlich legte er sie vor Stein auf den Tisch.

»Wenn du in Deutschland nicht mehr boxen darfst, heißt das ja nicht, dass dieses Verbot auch für andere Länder gilt.«

Robert Stein musterte die Karte.

Tobias Schumacher
North American Fight Club
Roosevelt Road
Chicago 60608 U.S.A

Fragend blickte er zu Kim Song. »Du meinst, ich soll zukünftig in Chicago boxen?«

»Sozusagen, ja. Obwohl der North American Fight Club durch die Staaten tourt und es sich damit nicht auf Chicago beschränkt.«

»Kein Gesundheitscheck?«

Stein schaute misstrauisch.

»Dein Gesundheitszustand interessiert dort niemanden. Die Zuschauer wollen nur harte Boxkämpfe sehen. Ich habe das Gefühl, dass du am liebsten das Land verlassen würdest, das hier wäre die Gelegenheit.«

Ein Lächeln huschte über Steins Lippen. Das war genau der Silberstreif am Horizont, nach dem er seit Tagen gesucht hatte. Diese Idee gefiel ihm immer besser. Einfach verschwinden, wie vom Erdboden verschluckt. Nach diesem Kampf könnte er sich ohnehin nirgends mehr blicken lassen und in diesem Fight Club könnte er sich vielleicht beweisen, dass er es immer noch draufhatte. Er lachte und klopfte dem Südkoreaner dankbar auf die Schulter.

Kim freute sich, dass er seinem Zimmergenossen helfen konnte. »Tobias ist ein deutscher Auswanderer. Du wirst dich prima mit ihm verstehen.«

Vor Sprachbarrieren fürchtete sich der deutsche Vizemeister im Schwergewicht nicht. Während seiner Schulzeit hatte er an einem Austauschprogramm teilgenommen und ein Jahr in Los Angeles verbracht. Er war sich sicher, dass genug hängengeblieben war oder zumindest reaktiviert werden könnte. Robert Stein fühlte wieder so etwas wie Hoffnung. Das gab ihm einen Motivationsschub, alles zu geben, um so schnell wie möglich aus dem Krankenhaus entlassen zu werden.

Jetzt hatte er wieder ein Ziel vor Augen und hoffentlich die Ablenkung, die er brauchte, um Sabine aus seinem Leben auszublenden.

KAPITEL 2

Robert bezahlte, schnappte sich seinen Seesack und stieg aus dem Taxi. Die Sonne stand tief, sodass er die Hand an die Stirn legte, um nicht geblendet zu werden, als er zu der gegenüberliegenden Halle blickte.

»North American Fight Club«, las er laut von der Leuchtreklame ab, die scheinbar auch am Tage in Betrieb war. Er zögerte nicht und ging über die Straße. Seit zwölf Stunden war er unterwegs und fühlte sich müde. Während des Fluges von Berlin nach Chicago hatte er kein Auge zumachen können. Vor ihm hatte eine Familie mit zwei entzückenden aber auch quirligen Kindern gesessen. Das Mädchen, etwa fünfzehn, war sehr wissbegierig gewesen und hatte Robert Löcher in den Bauch gefragt, nachdem sie ihn erkannte. Dass so junge Mädchen sich für den Boxsport interessierten, war für Robert neu, aber er beantwortete alle Fragen, obwohl er viel lieber geschlafen hätte. Doch das Mädchen war hartnäckig gewesen, auch als sich dessen Mutter einmischte und für die Neugier ihrer Tochter entschuldigte. Dabei lag Robert das Reden ganz und gar nicht. Er war kein

Mann der großen Worte, er ließ lieber seine Taten für sich sprechen.

Den Flug hatte er nun überstanden, ohne dass sein Kopf geplatzt war. Jetzt stand er vor dem doppeltürigen Eingang und ging hindurch. Vor ihm erstreckte sich eine große Halle, in der Mitte befand sich ein Boxring, in dem gerade zwei Männer trainierten. Auf der linken Seite befand sich eine Bar. Hinter dem Tresen stand ein junger Kerl mit Pferdeschwanz und Cowboyhut, der Whiskeygläser polierte, am Ring ein kräftiger älterer Mann in einem Holzfällerhemd. Die Ellbogen hatte er auf den Boden des Ringes abgestützt, während er die Kämpfer beobachtete.

Robert näherte sich ihm und beobachtete ebenfalls den Kampf. Sie waren technisch nicht sonderlich ausgebildet aber kämpferisch sehr stark. Plötzlich drehte sich der Mann um. Seine Stimme klang tief und sein schwarzer Schnauzer tanzte dazu, als er fragte: »Kann ich helfen?«

»Mein Name ist Robert Stein. Kim Song hat mir diesen Club empfohlen. Er war der Meinung, ich passe hierher.«

Der rechte Mundwinkel des Mannes bewegte sich nach oben. Robert wusste nicht, ob dies als ein Lächeln zu deuten war oder sein Gegenüber den

Spucknapf neben sich anvisierte. Doch schließlich streckte er ihm die Hand entgegen. »Tobias Schuhmacher. Mir gehört der Laden. Wie geht es Kim, hat er sich erholt?«

»Oh, es geht ihm gut. Ich glaube, er ist gerade in Seoul beim Fischen.«

Schuhmacher lachte. »Er ist ein guter Mann, aber alles hat seine Zeit.« Schließlich wandte er sich an einen der beiden Boxer im Ring. »Joe, mach Feierabend für heute!«

Dann drehte er sich wieder zu Stein und zeigte dabei auf eine Tür, die sich an der gegenüberliegenden Wand befand. »Na dann, zieh dich um und zeig uns, was du draufhast!«

Roberts Augen glänzten für einen Moment, dann ging er konzentriert der Tür entgegen und schritt schließlich hindurch. Er wollte diese Chance unbedingt nutzen und zeigen, was er konnte. Natürlich war er nicht im Training und die zwei Wochen im Krankenhaus steckten ihm immer noch in den Knochen, aber dennoch war er überzeugt davon, alles Nötige abrufen zu können.

Als er in den Ring stieg, war Robert auf den Moment fokussiert. Während Schuhmacher ihm half, die Handschuhe anzulegen, erklärte er ihm einige Grundregeln. Seine Stimme klang ruhig und doch gab die Tiefe der Klangfarbe ihm etwas Ernstes mit auf den Weg: »Wer sich als Zuschauer zu uns begibt, erwartet einen kompromisslosen Kampf. Er hat die ganze Woche gearbeitet und Überstunden machen müssen, jetzt möchte er einfach nur unterhalten werden. Er will nicht nachdenken, er will gutes Entertainment. Nicht durch diese Kämpfe, die er im Sportkanal zu Hause verfolgen kann, nein, er will den echten Straßenkampf ohne Kompromisse sehen. Wer austeilt, muss auch einstecken können. Blut wird abgewischt oder ausgespuckt, bis einer von euch nicht mehr kann. Das heißt, dass ein Kämpfer auf die Bretter geschickt wird. So sind die Regeln.«

Kaum hatte Schuhmacher seinen Monolog beendet und den Ring verlassen, flog auch schon der erste Faustschlag in Roberts Gesicht. Sein Gegner, ein Afro-Amerikaner, der von Tobias mit Don angesprochen wurde, hatte auf eine Unkonzentriertheit Steins gehofft. Vergebens! Blitzschnell hatte dieser seine Fäuste hochschnellen lassen und somit die perfekte Deckung aufgebaut, in der nun die Faust des Schwarzen landete. Als wäre in Robert die Erinnerung an den verlorenen Kampf gegen Abramczik wachgerüttelt worden, legte er einen Schalter um und schlug mehrmals mit voller Wucht auf den dunklen Hünen ein. Seinen ganzen

Zorn legte er in seine Schläge und obwohl Don seine Arme ebenfalls gekonnt nach oben bewegte, drangen die Hiebe durch die Deckung und hinterließen ihre Spuren. Ein lautes Knacken war zu hören, bevor in einem Schwall Blut aus der Nase des Afro-Amerikaners spritzte.

Schuhmacher riss die Augen auf, als er sah, mit welcher Kraft Stein agierte. Er war sich sicher, dass vor ihm im Ring das größte Talent stand, das er jemals hatte boxen sehen. Ein weiterer Schlag landete genau an der Schläfe. Benommen ließ Steins Gegner nun die Arme sinken. Seine Beine wirkten instabil. Robert unterließ es, zum finalen Schlag auszuholen, da er sah, dass sein Kontrahent ihm nichts mehr entgegenzusetzen hatte. Seinem Mitstreiter sanken endgültig die Beine weg.

»Mach Schluss für heute, Don!« Schuhmacher warf ein Handtuch in den Ring und applaudierte Robert Stein. »Sehr gut! Deine Rechte ist unglaublich. Zieh dich um und dann kommen wir zum Geschäftlichen.«

Robert war zufrieden. Der Silberstreif am Horizont nahm deutliche Konturen an. Er hatte gehofft, dass sein Plan funktionieren würde. Sicher konnte er nicht davon ausgehen, dass alles wie ein Selbstläufer funktionieren würde, obwohl er natürlich von seinen Fähigkeiten überzeugt war. Das Duell gegen Abramczik hatte ihn gelehrt, dass man sich niemals sicher sein konnte.

Auf dem Schreibtisch lag ein Vertrag zur Unterschrift bereit. Schuhmacher lächelte zufrieden, als Stein das Büro betrat. Er war sich sicher, dass der Chef des North American Fight Club glaubte, mit ihm einen großen Fisch an Land gezogen zu haben. Wahrscheinlich zählte er in Gedanken das viele Geld, wenn die Hallen auf der Tour durch die USA und Kanada ausverkauft wären.

»Hast du schon eine Übernachtungsmöglichkeit?«

Robert schüttelte langsam den Kopf, griff nach dem Kugelschreiber, der neben dem Vertrag lag, und unterschrieb.

Schuhmacher fragte verblüfft: »Willst du ihn nicht vorher durchlesen?«

»Du hast selbst gesagt, dass meine Rechte unglaublich ist. Ich glaube nicht, dass du versuchen wirst, mich übers Ohr zu hauen.«

Sein neuer Geldgeber lachte laut und verschluckte sich fast. »Sicher nicht. Wenn du keine Bleibe hast, kannst du ein Zimmer im Obergeschoß für die nächsten drei Tage beziehen.«

»Nur drei Tage?«

»Dann beginnt unsere Tour. Wir starten in Dallas, danach geht es nach Vegas, Nashville, Toronto und schließlich zum Finale sind wir wieder in Chicago.«

Robert war überrascht, dass er von Schuhmacher angeheuert wurde, obwohl die Vorbereitungsphase nur so kurz war. Der Chef des North American Fight Club schien seine Gedanken zu erraten und legte nach: »Keine Angst. Ich verheize dich nicht. Du fängst morgen mit dem Training an, nachdem du dich ausgeschlafen hast. Wir werden sehen, wann du so weit bist, als Kämpfer einzusteigen. Wann du bereit bist für jemanden wie Michael Green oder sogar Dennis Kane.«

Stone konnte mit den Namen nichts anfangen, doch ging er davon aus, dass es sich dabei um die Zugpferde des Clubs handelte. Natürlich war er neugierig, was das für Typen waren und vor allem, was diese so draufhatten.

Die Tür des Büros öffnete sich und eine Frau mit langen schwarzen Haaren trat ein. Sie lächelte. »Hast du wieder einen neuen Kämpfer gefunden?«

Schuhmacher gab der Dunkelhaarigen einen Kuss auf die Wange. »Das ist meine Frau Irene.«

»Freut mich. Mein Name ist Robert. Robert Stein.«

Irene kniff die Augen zusammen und überlegte. »Na, wenn wir daraus Rob Stone machen, lockt allein schon der Name die Zuschauer an. Wenn dann noch etwas dahintersteckt …?«

»Das tut es!« Schuhmacher rieb sich unbewusst die Hände. Im Geiste schien er erneut die Dollarscheine zu zählen. »Rob Stone. Genial!« Voller Stolz blickte er zu seiner Frau. Sie hatte wohl öfter Einfälle, die er dann umsetzte und zu Geld machte.

Robert nickte zufrieden. Rob Stone. Der Name gefiel ihm und er fragte sich, warum er nicht längst selbst auf die Idee gekommen war. Schuhmacher boxte ihm freundschaftlich gegen die Schulter und griff nach dem Telefon auf seinem Schreibtisch. »Ich werde meine Tochter Petra rufen. Sie führt dich herum und zeigt dir dein Zimmer.«

Während Stone die Durchschrift des Vertrages in seinem Seesack verstaute, rief Schuhmacher seine Tochter herbei. Petra ließ auch nicht lange auf sich warten und führte ihn schließlich durch den Club.

Der Aufgang zum Obergeschoss befand sich auf der gegenüberliegenden Seite des Büros, sodass sie einmal durch die komplette Halle mussten. Als sie an der Bar vorbeiliefen, bemerkte Stone eine Frau, die dort Gläser abwusch.

»Das ist Susann, unsere Barkeeperin«, kommentierte Petra, die Stones neugierigen Blicke gesehen hatte.

Die Barfrau schien beschäftigt und nahm von den beiden keine Notiz. Ihre roten Haare hatte sie zu einem Zopf zusammengebunden, der hin und her tanzend ihren Bewegungen folgte.

»Wenn du nachher Langeweile hast, kannst du dich ruhig an die Bar setzen. Die Getränke der Angestellten und Sportler gehen immer aufs Haus. Am Abend versammeln sich die Boxer gern hier.«

Petra musste schmunzeln und Stone blickte sie fragend an, als sie hinzufügte: »In der Nähe befindet sich ein Nachtclub und oft schauen einige Damen vor ihrer Schicht bei uns vorbei.«

Stone schluckte und fragte sich, ob er so aussah, als würde er es nötig haben. Petra realisierte seine Unsicherheit und fügte hinzu: »Nein, so meinte ich das gar nicht. Das sind nicht nur Nutten, sondern auch Tänzerinnen … äh … ich meine … ganz normale Frauen, die einfach nur nette Gesellschaft suchen.«

Rob nickte ihr zu. »Ja, klar. Warum auch nicht?«

Am liebsten hätte er ihr gleich gesagt, dass mit ihm heute nicht mehr zu rechnen wäre. Er wollte duschen und sich ausruhen, aber andererseits wäre es eine gute Gelegenheit, Kontakte zu knüpfen und vielleicht etwas darüber zu erfahren, wer Dennis Kane und Michael Green waren.

Sie erreichten den Aufgang zum Obergeschoss. Hier befanden sich ein weiteres Büro. Die Wand war nahezu komplett verglast, an einem der Schreibtische saß eine Frau, die wild gestikulierend telefonierte.

»Das ist Pinky, unser Mädchen für alles. Sie ist so etwas wie die gute Seele unseres Clubs. Wenn du irgendwas brauchst, sag es Pinky und sie kümmert sich darum.«

Doch auch Pinky bemerkte die beiden nicht. So stiegen sie die Treppen hinauf und betraten einen schmalen und langgezogenen Flur, von dem wie in einem Hotel mehrere Zimmer abgingen. Petra blieb vor einer Tür stehen, auf der man die Zahl zwölf angebracht hatte. Während Schuhmachers Tochter nach dem Schlüssel suchte, öffnete sich die Tür des Nachbarzimmers. Eine Frau trat in den Flur und blickte neugierig zu den beiden hinüber. Ihre lange blonde Lockenmähne war beeindruckend. An den Armen, die sie verschränkt hielt, war sie tätowiert. Stone blickte in ihre grünen Augen, die durch die Lichtreflexion der Deckenbeleuchtung förmlich funkelten. Er fühlte sich unwillkürlich an eine Katze erinnert, denn so fixierte sie ihn und beobachtete misstrauisch das Treiben vor ihrer Tür.

»Hey, Cat!«, sprach Petra sie lächelnd an.

Die Katzenfrau wirkte, als wäre sie gerade aufgestanden, hob den Kopf und schaute mürrisch drein. »Hey!«

»Das ist Rob, Rob Stone. Er geht mit uns auf Tour.«

»Schön!« Cat lächelte, aber es wirkte alles andere als freundlich. Prompt verschwand sie auch wieder hinter der Tür, die mit einem lauten Krachen ins Schloss fiel.

»Silvia Kruger, genannt Cat, ist übrigens die Titelverteidigerin bei den Wettkämpfen der Frauen.«

Stone kratzte sich nachdenklich am Kinn. »Dann werde ich wohl besser achtgeben.«

»Oh nein, ich denke, dass sie dich mag, denn normalerweise spricht sie nie mit Neuankömmlingen.«

Endlich hatte Petra den richtigen Schlüssel gefunden und drückte ihm Stone in die Hand. »Wenn du etwas brauchst, sag Bescheid. Mein Vater legt großen Wert darauf, dass seine Truppe immer bei Laune ist.«

Stone lächelte verschmitzt und nickte wortlos. Während Petra sich auf den Rückweg machte, schloss er die Tür zu seiner neuen Bleibe auf und blickte verwirrt zum benachbarten Zimmer. Cats Erscheinung hatte Eindruck bei ihm hinterlassen.

Auf Anhieb erkannte er gewisse Parallelen im Wesen der Boxerin. Irgendwie war er jetzt doch fest entschlossen, noch einen Drink an der Bar zu nehmen – in der Hoffnung, dem Lockenschopf noch einmal zu begegnen. Vorher allerdings musste er unbedingt unter die Dusche.

Stone öffnete die Augen und blickte erschrocken auf seine Armbanduhr, die er neben das Bett auf den Nachttisch gelegt hatte. Es war bereits mitten in der Nacht. Für einen Moment ärgerte er sich, dass er eingeschlafen war. Nach der Dusche wollte er sich doch nur für einen winzigen Augenblick aufs Bett legen und ausruhen. Einfach nur mal kurz Luft holen. Seufzend rieb er sich den Schlaf aus den Augen und verspürte große Lust, nach unten an die Bar zu gehen, denn er wusste, dass die Zeit knapp war, bevor der ganze Zirkus hier beginnen würde, deshalb brauchte er jetzt ein paar wichtige Informationen.

Als er unten eintraf, wurde ihm klar, die richtige Entscheidung getroffen zu haben. An der Bar saß eine Handvoll Frauen und Robert wusste, dass es nichts Redseligeres gab als Frauen zu später Stunde, bewaffnet mit Longdrinks. Ein Lächeln huschte über seine sonst eher harten Züge. Er blickte in die

Gesichter der Frauen. Nein, sie hatten sein Lächeln nicht bemerkt.

Susann, die Barkeeperin, schob sich die Brille aufs Nasenbein und musterte den Deutschen. »Darf's was sein?«

»Ja, warum nicht. Einen Whiskey, bitte.«

»Gute Wahl.« Eine leicht bekleidete Schönheit mit prallen Brüsten und rot geschminkten Lippen lächelte ihn an. Stone dachte instinktiv an die von Schuhmachers Tochter erwähnten Nutten. Er hatte keine Berührungsängste. Sie wirkte auf ihn freundlich und keinesfalls auf der Suche nach Kunden.

Stone erhob sein Glas, nachdem Susann ihm eingeschenkt hatte. »Rob Stone.« Der Name kam flüssig über seine Lippen, als gehörte er schon immer zu ihm.

»Miri Watson, aber hier nennen mich alle nur Miri.«

Er nahm einen Schluck Whiskey und musterte dabei den blonden Lockenkopf, der ihm im Flur begegnet war. Auch Cat hatte sich zu später Stunde an der Bar eingefunden, jedoch nahm sie keine große Notiz von den Anwesenden, sondern beobachtete das rege Treiben im Ring. Zwei Frauen boxten gegeneinander. Sie schlugen heftig und mit lautem Stöhnen aufeinander ein.

»Wer ist das, die gegen Violetta boxt?«, wandte sich Susann neugierig an Cat.

»Das ist Silke Unteregger. Ein Neuankömmling aus Österreich. Sie ist flink, ihre Beinarbeit ist genial«, antwortete Cat, ohne Susanns Blick zu erwidern, und starrte weiter zum Ring.

»Wohl etwas Fallobst für dich, Cat?« Ein dunkelhaariger Typ im Trainingsanzug setzte sich an die Bar.

»Halt deine Fresse, Dennis, sonst polier ich sie dir!«

Stone schaltete sofort, dass es sich bei Dennis um den Boxer Dennis Kane handeln musste. Nach Schuhmachers Erzählungen schien dieser hier das Maß aller Dinge zu sein. Der dunkelhaarige Typ bestellte bei Susann ein Bier und setzte ein Grinsen auf. »Zu schade, dass die Kämpfe während der Tour nach Geschlechtern getrennt sind.«

»Fick dich, Dennis!«

Cat würdigte Kane keines Blickes und beobachtete weiter das rege Treiben im Ring.

Kane schaute zu den beiden Nutten hinüber. Sie hatten die Köpfe zusammengesteckt, flüsterten und kicherten. Es schien, als tauschten sie die Erlebnisse der letzten Tage aus.

»Hey, Nadine. Wie wäre es, wenn du dir heute noch ein wenig deine Tageseinnahmen aufbesserst?«

Die Schwarzhaarige stoppte abrupt die Unterhaltung und blickte angewidert zu Kane hinüber. »Nein, danke. So nötig habe ich es dann doch nicht.«

Kane wollte laut loslachen, verschluckte sich aber an seiner Spucke und hustete. Nachdem seine Atemwege wieder frei waren, musterte er Stone. »Du bist der aus Deutschland, oder?«

Stone nahm einen tiefen Schluck Whiskey und stellte schließlich das Glas wieder auf den Bartresen. Seine Stimme klang ruhig, als er antwortete: »Ja und dein Fallobst.«

»Das denke ich nicht, Michael oder Ray werden dich vorher schon nach Hause schicken.« Kane nahm einen Schluck Bier und leckte sich anschließend über die Lippen. »Du hast das Kleingedruckte im Vertrag gelesen?«

Stone reagierte nicht.

»Hm, das habe ich mir gedacht. Falls du doch irgendwann gegen mich boxen solltest, gib lieber einen Angehörigen an, der den Leichensack mit dir abholt!«

»Ich werde versuchen, daran zu denken.«

Kane wollte antworten, presste dann aber die Lippen aufeinander, warf einen letzten abfälligen Blick in die Runde und verschwand.

»Dieser Penner!«

In Cats Stimme lag tiefe Verachtung.

Stone trank seinen Whiskey aus und schob das leere Glas zu Susann über den Tresen. Der Drink hatte die Müdigkeit wieder hervorgeholt.

»Ich werde für heute lieber Feierabend machen.«

»Schade«, reagierte Miri enttäuscht.

Cat ließ plötzlich vom Treiben im Ring ab. »Lass dich ruhig wieder hier blicken.«

Stone schaute auf. Er war überrascht, von der offensichtlich sonst nur einsilbig sprechenden Cat einen kompletten Satz zu hören. »Das mache ich ganz bestimmt. Ich würde auch noch bleiben, aber ich will morgen zum Trainingsauftakt fit sein und zügig in Wettbewerbsform kommen.«

Susann setzte ein Lächeln auf und mischte sich ein: »Das ist gut, Rob. Genauso war ich früher auch.«

Stone blickte fragend zur Barkeeperin. »Hast du etwa auch hier geboxt?«

Cat beantwortete seine Frage: »Oh ja! Das hat sie. Susann war mehrfache ungeschlagene Titelträgerin.« Dann fasste sie Stone am Nacken und zog ihn zu sich heran. »Wenn du bei Gelegenheit ihre kleine Zahnlücke unten links siehst, das war ich.«

Stone verkniff sich ein Lachen. »Du hast aber trotzdem verloren?«

Obwohl beide ihre Unterhaltung leise führten, hatte Susann genug gehört. »Besser, einen Zahn zu verlieren, als einen Kampf. Dennoch wusste ich, dass ich gegen Cat an diesem Abend nur Glück hatte und hängte die Boxhandschuhe gleich nach diesem Kampf an den Nagel.«

Stone war beeindruckt. Damit hätte er nicht gerechnet und schon gar nicht, dass ehemalige Konkurrenten so friedlich an der Bar saßen. Er fühlte, dass es die richtige Entscheidung war, nach Chicago zu kommen. Schließlich verabschiedete er sich von der Runde und verschwand in sein Zimmer.

KAPITEL 3

Das Adrenalin schoss noch immer durch seine Venen, die Schreie der Zuschauer rauschten immer noch durch seine Ohren. Stones Kopf glich dem Innenleben von Las Vegas: laut und grell. Nach dem Kampf hatte er sich an die Hotelbar gesetzt. Er war allein und genoss den erfolgreichen Abend. Dabei rekapitulierte er aber nicht nur den zurückliegenden Kampf, sondern die letzten Tage seit seiner Ankunft in Chicago. Er war beim Training schwer in den Tritt gekommen und hatte sich zudem noch einen Magen-Darm-Virus eingefangen. Zwei Tage hatte er geschwächt auf seinem Zimmer verbringen müssen. Schließlich war er mit Schumachers Tross nach Dallas gereist, konnte aber an den Vorkämpfen nicht teilnehmen. Er wurde nicht rechtzeitig fit und Schuhmacher wollte kein Risiko eingehen. Während des Fluges nach Vegas teilte ihm der Chef des North American Fight Clubs mit, dass er die Möglichkeit bekommen werde, in der Trostrunde den Sprung in die K.O.-Phase doch noch zu schaffen. Er hatte sich völlig darauf fokussiert, denn er war zum Siegen verdammt, wenn der Trip nicht in Vegas enden sollte.

Mit den Zuschauern im Rücken erkämpfte er sich schließlich das letzte freie Ticket der Tour. Denn dem Publikum gefiel, was es sah, und so gelang es Stone, all das abzurufen, was ihn in Deutschland stets auszeichnete und die Konkurrenten fürchten ließ. Seine Rechte hatte zur alten Schlagkraft zurückgefunden und für deutliche K.O.-Siege gesorgt. Plötzlich stand er im Viertelfinale und wurde gefeiert.

Doch der Trubel war nichts für ihn und so zog er sich an die Hotelbar zurück. Er gönnte sich einen Drink und sog diesen Moment des Glückes in sich auf. Stone wusste, dass er von der Kraft her noch nicht am Limit war. Zu sehr hatte ihn der Infekt ausgeknockt. Natürlich war er sich im Klaren darüber, dass er alles geben musste und vielleicht sogar noch etwas darüber hinaus, um diese Tour tatsächlich zu gewinnen. Dies war sein Plan, das Ziel, was er verfolgte. Das Preisgeld von 200.000 Dollar wollte er einsacken und dann nach Deutschland zurückkehren. Er war nur noch drei Siege davon entfernt und für den Anfang zufrieden, denn er wusste, dass er in der Lage war, noch eine Schippe draufzulegen.

»Hast du nicht Angst, dass du irgendwann mit deiner Rechten jemanden tötest?«, erklang plötzlich eine Frauenstimme neben ihm. Rob wandte sich ihr entgegen und erkannte Diana Cruz, die Trainerin und Betreuerin der weiblichen Boxer in Schumachers Stall. Die Rothaarige lächelte verschmitzt zu ihm hinüber und bestellte ein Corona.

»Eigentlich nicht.« In Stones Stimme klang das Schmunzeln mit, das ihm für einen Moment über die Lippen huschte. Er hob das Glas und prostete ihr zu, als sie erwiderte: »Nein, nein. Ich müsste mein Glas oder wohl gleich die Flasche auf dich erheben. Das war schon beeindruckend, was du gezeigt hast.«

»Danke.«

Diana nahm das Bier entgegen, wischte mit der Hand über die Öffnung des Flaschenhalses und nahm einen kräftigen Schluck. Sie stellte die Flasche wieder auf den Bartresen und sah Stone tief in die Augen. »Ich weiß ja nicht, ob sich Kane die Kämpfe angesehen hat, aber …«

»Oh, doch, das hat er.«

Cat hatte sich zu den beiden an die Bar gesellt, den letzten Satz der Unterhaltung mitbekommen und diesen beendet. Sie suchte den Blickkontakt zum Barkeeper, zeigte auf Stones Glas und rief: »Machst du mir bitte auch so einen?«

Der Barkeeper nickte.

»Glaube mir, Diana, er hat gesehen, was da auf ihn zukommen könnte, und wird es mit allen Mitteln zu verhindern versuchen.«

Stone blickte irritiert zu Cat. »Mit allen Mitteln meinst du nicht den Ring, oder?«

»Nein.«

Cat bekam den Drink serviert und setzte das Glas sofort an ihre vollen Lippen. Ihre Antwort schien Stone nicht zu reichen. Diana bemerkte das und nahm den Gesprächsfaden auf: »Du solltest lieber in Zukunft keine Getränke unbeaufsichtigt lassen, wenn du nicht noch einmal die Scheißerei bekommen willst.«

Stone schaltete sofort. In seiner Stimme lag Zorn, als er leise sagte: »Dieses Dreckschwein!«

Cat fuhr sich mit der Hand durch ihre lockige Mähne. »Man munkelt, dass er den Titel im letzten Jahr genauso errungen hat. Er ist ein verdammter Schweinehund.«

Diana stimmte mit ein: »Ein Schweinehund, der seit fünf Jahren den Titel innehat. Seinen Zenit hat er schon längst überschritten und im letzten Jahr musste er eben etwas nachhelfen.«

Cat legte die Hand auf Stones rechten Unterarm. »Doch du wirst das dieses Jahr beenden. Du bist der Erste nach so langer Zeit, der ihn schlagen kann.«

Stone schaute in Cats grüne Augen, die ihn starr fixierten, als sie weitersprach: »Ich habe da heute einen großen Boxer gesehen, dem eigentlich alle Türen offenstehen müssten. Warum setzt du dann ausgerechnet bei diesen Dreckskämpfen deine Gesundheit aufs Spiel?«

Er schluckte. Mit einer solch direkten Frage hatte er von der sonst so einsilbigen Cat nicht gerechnet. Was sollte er ihr antworten? Die Wahrheit? So gut kannten sie sich schließlich nicht. Er suchte nach Worten, wollte sie sich passend zurechtlegen, doch er brachte keins davon heraus. Er starrte sie nur an und war fasziniert von ihren grünen Augen und der blonden Lockenmähne, die ihr hübsches Gesicht umrahmte. Bereits bei ihrer ersten Begegnung hatte er sich zu ihr hingezogen gefühlt. Eigentlich liebte er es, wenn Frauen direkt und ohne viele Worte waren, dazu teilte sie auch noch seine Leidenschaft. Sein Blick fiel auf ihre vollen Lippen. Wie gern hätte Stone diese jetzt geküsst und geschmeckt. Cat schien seine Gedanken zu erraten. Sie ließ sich vom Barkeeper einen Stift geben und notierte etwas auf einem Bierdeckel. »Entschuldige bitte meine Neugierde, doch wahrscheinlich fragt sich das jeder, der dich boxen sieht. Du wirst sicher deine Gründe haben.«

Sie schob ihm den Bierdeckel zu, leerte ihr Glas und verschwand.

Stone warf einen flüchtigen Blick darauf und erkannte die Zahl 431. Instinktiv legte er seine Hand darüber. Im Augenwinkel bemerkte er, wie Diana lächelte, als sie sagte: »Schade, da war wohl jemand schneller als ich.« Sie legte ein paar Dollar auf den Tresen und erhob sich vom Barhocker. Beim Vorbeigehen legte sie die Hand auf seine Schulter.

»Worauf wartest du?«

Stone nickte wortlos, während Diana verschwand. Er nahm einen letzten Schluck und starrte in sein leeres Glas. Wie lange war es her, dass ihm so etwas widerfuhr? Gut, er war seit fünfzehn Jahren verheiratet und hatte nie Interesse an anderen Frauen gehabt. Da er genau das immer ausstrahlte, hielten sich solche Offerten in Grenzen. Doch nun waren die Verhältnisse eben andere. War es aber das, was er wollte? Stone arbeitete daran, seinen Verstand auszuschalten und die Dinge einfach mal laufen zu lassen. Vielleicht war es jetzt genau das, was er brauchte? Es war Monate her, dass er und seine Ex-Frau Sex gehabt hatten. Eine halbe Ewigkeit. Ihm war bewusst, dass dieser Umstand nicht an Sabine lag, sondern an ihm. Zu sehr hatte er sich auf diesen finalen Kampf um die deutsche Meisterschaft fokussiert und alles in den Hintergrund gerückt, selbst seine Ehe. Noch einmal dämmerte ihm, dass er für seinen Ehrgeiz einen verdammt hohen Preis zahlen musste.

Er legte zehn Dollar auf den Bartresen und steckte den Bierdeckel in seine Manteltasche – entschlossen, diese Gelegenheit nicht verstreichen zulassen. Ja, er hatte Lust auf diese durchtrainierte attraktive Boxerin mit den Katzenaugen, spürte plötzlich ein unbändiges Verlangen nach ihrem Körper, ihren Lippen. Wie würden sie wohl schmecken?

Als sich der Aufzug in Bewegung setzte, packte ihn die Vorfreude auf das, was ihn erwarten würde, und als er im vierten Stock ausstieg, atmete er tief durch. Die Hotelzimmernummer hatte er sich eingeprägt und brauchte keinen Blick mehr auf den Bierdeckel zu werfen. Konzentriert prüfte er die Nummern auf den Türen, bis er schließlich vor dem Schild mit der Nummer 431 stand. Ein letztes Mal versuchte ihn die Verunsicherung heimzusuchen, doch das Verlangen siegte und er klopfte.

Für einen Moment hielt er die Luft an. Schließlich öffnete sich die Tür. Vor ihm stand Cat, bekleidet mit einem schwarzen Tank-Top und einer ebenso schwarzen Shorts. Ihre lange Lockenmähne hatte sie zu einem Zopf zusammengebunden. Unwillkürlich blickte Stone auf ihren Bizeps. Er hatte keinen Zweifel, dass sie optimal auf die Kämpfe vorbereitet war. Sein Blick wanderte zu ihren Brüsten, die unter dem Top eingezwängt wirkten. Schließlich blickte er in diese Wahnsinnsaugen, die ihn verheißungsvoll fixierten. Dann packte Cat zu und zog ihn ins Zimmer. Gleichzeitig trat sie gegen die Tür, welche schwungvoll ins Schloss fiel.

Er spürte ihre Lippen und ihre Zunge, die jetzt ungestüm in seinen Mund glitt.

»Warum hat das so lange gedauert?« Ihre Stimme zitterte vor Erregung, als sie von ihm abließ. Selbst wenn Stone es gewollt hätte, wäre er nicht dazu gekommen, ihr zu antworten, denn Cat griff mit beiden Händen seinen Kopf und zog ihn wild zu sich heran. Ihre Lippen fühlten sich so gut an, er genoss jede Bewegung ihrer Zunge. Wieder ließ sie von ihm ab, um ihm die Jacke und kurz danach das Shirt vom Körper zu zerren. Er fühlte sich an eine Katze erinnert, als er zunächst Cats Hände an seinem Rücken fühlte und dann spürte, wie sich ihre Fingernägel in seine Haut gruben. Jetzt packte Stone zu, hob sie hoch und trug sie zum Bett, während sich sein Gesicht zwischen ihre wohlgeformten Brüste drückte. Das Verlangen in ihm steigerte sich, sein Verstand hatte bereits ausgesetzt. Es war wie bei einen seiner ersten Wettkämpfe. Auch dort hatte er seinen Verstand ausgeschaltet und wie ein Tier versucht, seinen Gegner zu bekämpfen. Cat hatte dieses Tier wieder in ihm geweckt. Stone wollte sie jetzt spüren, schmecken und es ihr besorgen.

Am Bett angekommen, glitt sie an seinem Körper abwärts und begutachtete dabei seinen bereits hart gewordenen Schwanz. Langsam öffnete sie den Gürtel, den Reißverschluss und zog die Hose nach unten. Stone hielt die Luft an, während sie mit ihren Lippen seinen Ständer liebkoste, und atmete lautstark aus, als er tief in ihrem Rachen versank. Cat schien seine Erregung zu genießen. Ihre Bewegungen waren geschmeidig wie die einer Katze, ihre Lippen glitten über seinen Schwanz, dann saugte sie ihn tief in sich ein. Stone legte die Hände an ihren Kopf und keuchte. Es fühlte sich so gut an, am liebsten hätte er sich die ganze Nacht seinen Schwanz von Cat bearbeiten lassen, doch er wusste, dass sein Abgang nicht mehr lange auf sich warten ließ. Er war einfach zu geil, zu erregt und das letzte Mal war einfach schon zu lange her.

Sein Verstand setzte wieder ein. Stone wollte auf keinen Fall wie ein pubertierender Teenager vor lauter Geilheit bereits beim Vorspiel kommen. Als Cat schließlich seinen Schwanz mit den Händen bearbeitete, war er kurz davor, zu kommen. Diese Frau wusste, was sie tat. Er gab ihr einen sanften Stoß, sodass sie aufs Bett fiel. Dann beugte er sich über sie und zog ihr die Shorts aus. Cat lächelte und spreizte einladend ihre Beine. Er zögerte nicht, versenkte seinen Kopf in ihrem Schoß und glitt mit der Zunge über ihre Lustperle. Mit einem sinnlichen Stöhnen quittierte sie sein Zungenspiel, griff mit beiden Händen nach seinem Kopf und drückte diesen mit ganzer Kraft gegen ihre Scham. Stones Nase drückte gegen ihren Kitzler, während seine Zunge tief in ihre Nässe eindrang. Cat stöhnte lauter, bäumte sich auf und zog ihn zu sich aufs Bett. Stone kam ihr entgegen, wollte sich in ihr versenken, doch dann drehte Cat den Spieß um. Ehe er sich versah, befand er sich unter ihr. Tief rutschte sein Schwanz in ihre nasse Pussy, als sie ihr Becken nach vorn schob. Voller Lust nahm sie ihn Maß und genoss jeden Zentimeter, der in sie drang. Sie beugte sich über ihn, zerrte das Top über ihren Kopf und schüttelte ihre goldene Mähne. Stone konnte nicht widerstehen, als er die prallen Titten auf und ab wippen sah und griff mit beiden Händen zu. Cats Nippel reckten sich ihm entgegen, wurden noch härter, als er mit den Fingern darüberstrich. Ihr Stöhnen wurde ungehemmt, während er abwechselnd an ihren Nippeln saugte, ihre Brüste massierte, die so wundervoll wippten im Takt ihrer Bewegungen, die stetig schneller wurden.

»Ich komme, Baby!«, stieß sie schreiend hervor und schien jede Woge ihres Höhepunkts zu genießen. Stone war auch nicht mehr weit vom Glück entfernt und registrierte lüstern, dass sie nicht aufhörte, sondern das Tempo noch erhöhte. Er spürte, wie er bei jedem Stoß dem Orgasmus näherkam. Cat ritt keuchend auf ihm, beugte sich jetzt nach hinten, präsentierte ihre nasse Spalte und schrie, als sie das zweite Mal kam. Im selben Moment explodierte auch in Stone der Orgasmus. Wie eine Fontäne schoss er alles in Cat hinein, deren Bewegungen nun langsamer wurden, bevor sie sich sanft wie ein Kätzchen neben ihm zusammenrollte.

KAPITEL 4

Stone starrte auf die gefliese Wand der Umkleidekabine. In sich gekehrt, versuchte er, sich auf das zu fokussieren, was vor ihm lag. In wenigen Minuten würde er in den Ring steigen und das Finale gegen Dennis Kane bestreiten. Die Halle in Chicago war ausverkauft und er konnte die aufgeheizten Massen bis in die Kabine hören.

Er hatte so sehr auf diesen Tag hingearbeitet, um die Chance zu bekommen, Kane vom Thron zu stürzen. In den letzten Wochen hatte er immer wieder von Kampf zu Kampf gedacht und nur nach vorn geschaut, um auf dieses Finale optimal vorbereitet zu sein. Immer wieder hielt er sich das Gesicht seines Gegners vor Augen. Ein Ritual, das ihm bereits bei den Deutschen Boxmeisterschaften erfolgreich zur Seite gestanden hatte. Lediglich beim Finale in Berlin gegen Abramczik war das schiefgegangen.

Heute schien es ein weiteres Mal nicht zu wirken. Stone wollte sich konzentrieren, doch Kanes Visage verschwand immer wieder aus seinen Gedanken. Stattdessen sah er die Bilder der letzten Wochen deutlich vor sich. Er hatte sich von Kampf zu Kampf steigern können und Ray Bredfort, einen der vielversprechenden Talente, eine deutliche Niederlage im Viertelfinale verpasst. Im Halbfinale bestritt er den besten Kampf seines Lebens und schlug in der zweiten Runde den Schweden Rafael Andersen k.o. Spätestens seit diesem Sieg hatte er viele Kane-Anhänger auf seine Seite gezogen. Doch auch Kane konnte im zweiten Halbfinale zeigen, was er draufhatte und prügelte Michael Green, einen der Mitfavoriten, fast aus dem Ring. Dass Stone bei seiner allerersten Tour gleich das Finale erreichte, war eine Sensation und lockte viele Liebhaber des rüden Sports an. Der Kampf Kane gegen Stone schien alles zu versprechen, was man sich von diesem Event erhoffte. Stone wusste, dass er alles aus sich herausholen musste, um diesen Schweinehund zu besiegen. Kane boxte am Rande der Legalität und manchmal sogar darüber hinaus. Stone genoss die Erinnerungen an die letzten Kämpfe. Sie gaben ihm Vertrauen in sich selbst. Er war von Sieg zu Sieg quasi auf der Überholspur gefahren und hatte dabei einen tiefen Eindruck hinterlassen. Die Amerikaner hatten ihn in kürzester Zeit in ihre Herzen geschlossen und lagen ihm jetzt zu Füßen. Sie mochten den Kampfstil des Deutschen, der voll gnadenloser Härte und dennoch stilvoll war. Das zweite Finale in seiner Karriere sollte nicht mit einer Niederlage enden, auf keinen Fall wollte er verlieren. Nein, er würde siegen. Er musste es!

Und doch hatte er Zweifel. Seine Glückssträhne konnte schließlich nicht ewig währen. In allen Bereichen seines Lebens lief es wie am Schnürchen. Alles flog ihm zu, sogar im Privaten schien er sein Glück gefunden zu haben. Cat zeigte ihm das Leben von einer ganz anderen Seite. Er begriff, dass man das Leben auch mit einer gewissen Leichtigkeit nehmen und dennoch erfolgreich sein konnte. Stone war glücklich, und genau das machte ihn misstrauisch.

Die Tür zur Umkleidekabine öffnete sich. Cat trat herein. Sie atmete schwer, war völlig verschwitzt und über ihrer linken Augenbraue klaffte eine Platzwunde. Robert erschrak, aber als Cat lächelte, wusste er, dass alles in Ordnung war.

»Hast du sie geschlagen?«

»Ja, aber frag nicht wie. Violetta hatte heute den Tag ihres Lebens. Das hätte auch andersherum ausgehen können.«

Stone breitete seine Arme aus und Cat versank förmlich darin. Er drückte sie fest an sich und schloss für einen Moment die Augen. Doch Cat löste sich aus der Umarmung und drückte ihre Handflächen an seine Schläfen. Sie atmete tief ein und ließ dann die Luft wieder langsam aus ihren Lungen strömen. Es war ein Ritual, dass die beiden vor jedem Kampf durchführten. Sie blickte ihm entschlossen in die Augen, während sie mit ruhiger Stimme sprach: »Und jetzt geh da raus, Baby! Steig in den Ring und hau so fest zu, wie du kannst!«

Er strich sanft durch ihre Locken, neigte seinen Kopf und wollte gerade ihre Lippen liebkosen, als Cat den Zeigefinger hob.

»Erst die Arbeit, dann das Vergnügen.«

Stone konnte sich ein Grinsen nicht verkneifen. »Wie du willst. Du kannst dich auf etwas gefasst machen!«

Petra, Schuhmachers Tochter, betrat die Kabine. »Es geht los, Rob!«

Stone nickte wortlos und machte sich auf den Weg in die Halle. Als er diese betrat, erhoben sich zunächst einige Zuschauer und applaudierten spontan. An der Gasse entlang, welche zum Ring führte, sprangen immer mehr Menschen von ihren Sitzen und feuerten ihn an. Einige klopften ihm sogar auf die Schultern. Das meiste, was sie ihm entgegenschrien, konnte er nicht verstehen. Die Geräuschkulisse war einfach zu laut. Es schien, als schoben ihn hunderte von Händen bis zum Boxring.

Dort erwartete ihn bereits Rafael Andersen, der Sohn einer Schwedin und eines Marokkaners, den alle Kollegen im Boxstall einfach nur *den Schweden* nannten. Stone hatte sich in Vegas bereits mit ihm angefreundet. Beide hatten eine Schwäche für Quentin Tarantino und John-Woo-Filme. Vor dem Halbfinalkampf, bei dem sie aufeinandergetroffen waren, hatten sie verabredet, dass der Verlierer den anderen im Finale als Betreuer unterstützen würde. Beide brannten für dieses Ziel, Dennis Kane vom Thron des North American Fight Clubs zu stürzen.

Nun löste der Schwede sein Versprechen ein. Applaudierend begrüßte er Stone und half ihm in den Ring, während in der Halle die Stimme des Ringsprechers dröhnte: »Der Herausforderer am heutigen Abend bei der diesjährigen North American Fight Club Tour … aus Berlin, Deutschland … Rob Stone!«

Stone riss die Arme hoch, um den Applaus des Publikums entgegenzunehmen. Wieder ertönte die Stimme des Sprechers: »Begrüßen Sie den amtierenden Champion, der heute die Möglichkeit hat, zum sechsten Mal den Titel zu holen! Der Mann mit dem tödlichen Hammer … der Unbesiegbare … Dennis Kane!«

Kaum war die Stimme verhallt, setzte Kanes Song ein, der zum Auftakt jeder seiner Kämpfe gespielt wurde. Die Menge jubelte ihm zu, während er sich mit grimmigem Gesicht dem Ring näherte.

»So fühlt es sich an«, flüsterte Stone und dachte an Arthur Abramczik und den Kampf um die deutsche Meisterschaft. Arthur stand damals im Ring und wartete ebenfalls auf seinen Gegner. Als Dennis Kane die Umrandung erreichte, fixierten sich die beiden Boxer wie Raubtiere. Konzentriert. Gefährlich. Tödlich! Kane zog seinen Mantel aus, warf diesen in die Richtung seines Betreuers und bewegte sich in die Mitte des Rings, wo Stone bereits wartete.

Dennis war einen halben Kopf kleiner und musste aufblicken, als er seinen Gegner ansprach: »Du weißt genauso wie ich, dass du im Finale nichts verloren hast. Dass du heute überhaupt hier stehst, ist für dich schon Erfolg genug. Tu uns beiden einen Gefallen und geh in der ersten Runde einfach zu Boden! Dann kannst du morgen mit Cat in den Urlaub fahren und es ihr ordentlich besorgen.«

»Tu uns beiden einen Gefallen, Dennis, und halte einfach die Fresse!«, reagierte Stone – jetzt im Kampfmodus. Er wollte nicht quatschen wie ein

Waschweib, sondern diesen arroganten Wichser vernichten.

Kane zeigte ein verhaltenes Lächeln, dann quoll der Zorn aus seinen Augen. »Pass lieber auf, dass ich dich nicht totschlage!«

Ralph Core, Schuhmachers rechte Hand und Ringrichter des Finales, trennte die beiden und gab dann das Zeichen für den Beginn der ersten Runde. Der Gong ertönte, Kane packte Stone und stellte ihm ein Bein. Unvorbereitet stolperte dieser und stürzte zu Boden. Da Stone sich mit seinen Händen abstützte, um wieder aufzustehen, nutzte Kane die Situation der mangelnden Deckung, holte aus und schlug ihm kräftig mit der Linken ins Gesicht, um kurz danach mit der Rechten wuchtvoll einen Nierentreffer zu landen. Der Schlag traf Stone so hart, dass er sofort wieder zu Boden ging. Der Ringrichter stürmte dazwischen und verhinderte, dass Kane weiter auf ihn einprügelte. Die Menge grölte und verwandelte die Halle endgültig in ein Tollhaus.

»Hey, was soll das?« zischte Kane den Ringrichter an.

»Halt die Klappe, Kane! Die Leute haben viel Geld bezahlt, um diesen Kampf zu sehen, der bestimmt nicht mit dem Anfangsgong zu Ende ist. Also reiß dich zusammen!«

Zornig beugte sich Kane über Stone und schrie: »An deiner Stelle würde ich liegenbleiben!«

Der Ringrichter stieß Kane beiseite und blickte zu Stone. »Was ist los, Rob?«

Stone schaute benommen nach oben. In seinem Sichtfeld tauchten schwarze Flecken auf. Er hatte den Eindruck, als würde er durch eine verdreckte Linse schauen.

»Soll ich abbrechen?«

Stone schüttelte den Kopf.

Aus seiner Ecke hörte er Rafael brüllen: »Steh auf! Steh auf, Stone! Fick diesen Drecksack endlich in den Arsch!«

Mit einem Ruck stand Stone auf und signalisierte dem Ringrichter, dass er weiterboxen könne. Der hatte kaum den Kampf wieder freigegeben, als Kane dort weitermachte, wo er gerade aufgehört hatte. Stone hatte Mühe, eine ordentliche Deckung aufzubauen, während die nächsten Schläge auf seinen Kopf niedergingen. Er musste weitere schwere Treffer verhindern. Mit ganzer Kraft reckte er seine Fäuste hoch, er brauchte Deckung.

Der rettende Gong ertönte, doch Kane schlug weiter auf Stone ein. Blut spritzte in den Ring. Ralph

Core ging kraftvoll dazwischen, um Kane an weiteren Schlägen zu hindern. Zeitgleich kletterte der Schwede in den Ring, um Stone zu schützen. Auch Kanes Betreuer sprang über die Seile und mischte sich ein. Pfiffe und aufgeregtes Geschrei dröhnten durch die Halle. Im Ring entwickelte sich ein wahrer Tumult.

»Lasst mich in Ruhe, ihr Wichser!« Kane war außer sich. »Ich schlag dich tot!« Schreiend wandte er sich an Stone und musste von Core und seinem Betreuer in seine Ringecke gedrängt werden. Stone war sichtlich angeschlagen, als Rafael ihm half, in seiner Ecke Platz zu nehmen. Sein Gesicht war voller Blut. Rafael machte sich sofort daran, die Wunden provisorisch zu versorgen.

»Was ist los, Stone? Du hast nicht einen Treffer gelandet!«

»Ich habe das Gefühl, als wäre ich auf einem Schiff, umgeben von Nebel.«

Rafael verzog das Gesicht. »Nebel? Fuck! Das ist nicht gut. Hast du einen Plan?«

Stone schüttelte den Kopf. »Sieht es so aus, als hätte ich einen?«

»Deswegen frage ich ja.«

Rafael kühlte Roberts Kopf mit einem Eisbeutel und sprach ruhig: »Er hat Angst vor dir.«

»Das sah aber gerade nicht so aus.«

»Doch, glaube mir, er fürchtet dich, deshalb wird er alles dransetzen, den Sack zuzumachen. Achte auf deine Deckung und versuche, keine weiteren Kopftreffer zu kassieren. Es ist gut, dass du bisher in der Defensive warst. Das nimmt ihm vielleicht die Angst. Wenn er Oberwasser hat, wird er Fehler machen. Er ist ein ungehobelter Klotz, der wild drauflos schlägt. Nutze deine Taktik! Konzentriere dich, Alter! Suche die Lücke und dann hau rein!«

Der Gong ertönte, Stone stand auf und machte sich für die zweite Runde bereit. Kane kam zügig auf ihn zu. Geschickt wich Stone den ersten Schlägen aus, die nachfolgenden landeten in seiner Deckung. Er hatte seine Beinarbeit wieder unter Kontrolle und reagierte großartig. Kane wurde zornig, seine Schläge wurden immer aggressiver. Stone befand sich permanent in der Defensive, die ihm keine Chance bot, selbst einen Treffer zu landen. Kane schrie und schlug mit ganzer Kraft zu, durchbrach mit seiner Linken die Deckung und landete wieder einen Kopftreffer. Sofort wollte er seine Rechte folgen lassen, doch wich Stone im richtigen Moment so geschickt aus, dass der Schlag mit voller Wucht ins Leere ging. Kane brüllte wie ein Verrückter und fasste sich unbewusst an die Schulter. Er schien sich verletzt zu haben. Der Gong ertönte und Kane verzog sich diesmal rasch in seine Ecke, während er rief: »Noch eine Runde überlebst du nicht!«

Stone hatte die Runde relativ gut überstanden und die Schläge gut weggesteckt. Diese seltsamen Flecken nahmen ihm immer noch teilweise die Sicht, aber darauf konnte er jetzt keine Rücksicht nehmen. Der Kampf lief anders, als er es sich erhofft hatte.

»Ich will ja nicht drängeln oder schlechte Laune verbreiten, aber wann willst du eigentlich anfangen zu boxen?«

»Ich fang gleich an«, antwortete Stone keuchend.

»Was macht der Nebel?«

»Ist noch da.«

»Fuck!«

Rafael legte einen frischen Eisbeutel auf Stones Augen und sprach ruhig aber bestimmend auf ihn ein: »Ich weiß, dass du eine unglaubliche Kraft in deinem rechten Arm hast. Ich habe sie gespürt und den Kampf verloren. Vergiss alles, was ich dir gesagt habe, geh da raus und schlag einfach zu!«

Erschöpft nickte Stone, während der Gong zur dritten Runde ertönte. Wieder marschierte Kane auf seinen Gegner zu. Selbstsicher begann er wie die anderen zwei Runden zuvor und versuchte, seine Schläge kraftvoll zu platzieren. Stone registrierte, dass Kane nach den abgefeuerten Kombinationen die Deckung völlig offenließ. Scheinbar war er sich seiner Sache sicher. Zu sicher! Stone wartete eine Schlagkombination ab, dann schlug er unvermittelt zu. Mit ganzer Kraft, er hatte noch reichlich davon. Brachial landete Stones Rechte in Kanes Gesicht. Er taumelte, stand aber nach zwei Ausfallschritten wieder sicher im Ring. Stone setzte nach und schlug erneut zu. Diesmal hatte Kane die Arme oben, doch die Wucht des Schlages war so enorm, dass die Faust einfach durch die Deckung glitt und Kane wieder mitten ins Gesicht traf. Auch der nächste Schlag saß und brach Kane das Nasenbein. Blut spritzte durch die Luft und besudelte beide Boxer. Kane versuchte, seine Deckung oben zu halten, doch Stones Schläge hatten eine solche Wucht, dass seine Fäuste wie durch Butter glitten und erheblichen Schaden anrichteten. Stone hatte sich kräftemäßig zwei Runden lang geschont, doch das war jetzt vorbei. Er landete einen Kopftreffer nach dem anderen und das Gesicht des amtierenden Champions war binnen Sekunden mit Platzwunden übersät. Die Halle tobte und die Mehrzahl der Zuschauer rief jetzt seinen Namen. Beeindruckt sahen sie, wie der Deutsche einer Maschine gleich Kane förmlich zertrümmerte. Die Arme des Titelverteidigers hingen schlaff nach unten und er konnte sich kaum noch auf den Beinen halten, als Stone zum vermeintlich letzten Schlag ausholte, doch Kane sackte bereits vorher zusammen. Regungslos lag er auf dem Boden des Rings und Ralph Core begann zu zählen.

Stone reckte die Arme in die Höhe und wartete auf den Schlussakkord des Finales. Sein Blick schweifte in seine Ecke, wo nicht nur Rafael jubelte. Auch Cat hatte sich mittlerweile eingefunden und war dabei, über die Umrandung zu klettern. Die Halle explodierte förmlich, als der Ringrichter die Nummer zehn schrie und damit den Kampf zu Gunsten Stones beendete. Kane war k.o. und als Champion Geschichte.

Cat stürmte mit Rafael in den Ring und beide schlossen Stone in ihre Arme. Ausgelassen feierten sie den Deutschen, während in der Halle niemand mehr auf seinem Platz saß. Mit Standing Ovations huldigten sie den neuen Campion des North American Fight Clubs.

Während Kane immer noch benommen am Boden lag und von einem Arzt behandelt wurde, erschien Tobias Schuhmacher im Ring. Er gratulierte Stone und ließ sich schließlich das Mikrofon geben. Einen Moment wartete er noch, bis es in der Halle etwas ruhiger wurde, dann räusperte er sich und sprach: »Heute Abend haben wir den größten Kampf in der Geschichte des North American Fight Clubs gesehen. Einen Kampf, der neue Maßstäbe gesetzt hat. Wir haben zwei große Kämpfer gesehen, die sich alles abverlangt haben. Eine Ära geht zu Ende und ein neuer Champion betritt die Bühne, Rob Stone!«

Die Menge jubelte und Stone bekam den Siegergürtel überreicht. Er bedankte sich bei Schuhmacher und wandte sich überglücklich wieder Cat und Rafael zu. Der Schwede lachte und schrie, um sich Gehör zu verschaffen: »Du hattest also doch einen Plan!«

»Einen Plan? Ich habe das gemacht, was du mir gesagt hast, und einfach zugeschlagen.«

Stone beobachtete im Augenwinkel, wie Kane mit einer Trage aus dem Ring gebracht wurde.

»Der kann sich hier nicht mehr blicken lassen«, zischte Cat und warf ihm Blicke der Verachtung hinterher.

»Ich brauche jetzt Urlaub! Wie wäre es, Babe, wenn wir beide ein paar Tage wegfahren?«

Cats harte Gesichtszüge wurden sanft. Diese Einladung würde sie natürlich niemals ausschlagen. »Fährst du mit mir ans Meer?«

Stone lächelte zufrieden. »Babe, mit dir fahre ich überall hin.«

KAPITEL 5

Stone schloss die Tür zu seinem Zimmer. Er wollte sich auf den Weg zu einem Juwelier machen, bei dem er eine Halskette für Cat gekauft hatte, die er nun abholen konnte. Der Anhänger sollte etwas Besonderes sein, ein bestimmter Stein, der erst eingefasst werden musste.

Unten angekommen, wurde er von Pinky abgefangen. »Hey, Rob! Gut, dass ich dich treffe. Tobias wartet in seinem Büro auf dich. Irgend so ein Kerl mit Glatze und eine Frau sind bei ihm. Sie wollen mit dir sprechen.«

Stone nickte und machte sich, wenn auch etwas nachdenklich, auf den Weg zu Schuhmachers Büro. Wer könnte das sein? Seine Frau, um die Hälfte des Titelgeldes einzustreichen? Eigentlich konnte er es sich nicht vorstellen, dass sie den weiten Weg auf sich genommen hatte. Finanzielles konnte man auch schriftlich klären. Doch ganz ausschließen durfte er es nicht.

Als er Schuhmachers Büro betrat, drehten sich die beiden Personen langsam zu ihm um. Die Frau war nicht seine Frau, wie er erleichtert feststellte. Sie war etwa Mitte zwanzig, hatte braune Augen und blond gefärbte Haare mit einer grünen Strähne. Der Typ neben ihr war deutlich älter. Stone schätzte ihn auf mindestens vierzig. Er hatte keine Haare mehr, stattdessen trug er einen Dreitagebart. Er lächelte und reichte Stone die Hand.

»Mr. Stone, Gratulation zu Ihrem Sieg am gestrigen Abend! Mein Name ist Finbarr O'Neil und das ist meine Kollegin Sabrina Smith. Wir gehören zum Rekrutierungsteam der Organisation *Vanessa* und haben seit Nashville Ihre Kämpfe verfolgt.«

Stone war erleichtert, dass es nicht der Anwalt seiner zukünftigen Ex-Frau war, aber zeitglich war er irritiert.

Was zum Henker wollen die von mir und was ist das für eine Organisation?

Er kniff die Augen zusammen und blinzelte. Auf dem Mantel der Blondine entdeckte er ein Emblem, darauf abgebildet war der Kopf eines Mädchens und darunter stand der Name *Vanessa*.

»Vanessa?«

O'Neil verschränkte die Arme, als er begann, Licht ins Dunkel zu bringen. »Die Organisation *Vanessa* spürt vermisste Kinder auf.«

»Sie werden von der Polizei beauftragt?«, unterbrach ihn Stone. Finbarr O'Neil schüttelte den Kopf und setzte seine Ausführungen fort: »Meistens beauftragen uns die Eltern, weil sie den Behörden misstrauen oder sie schlichtweg für überfordert halten. Wir sind keine offizielle Behörde und niemandem unterstellt. Wir sind unabhängig.«

»Was wollen Sie dann von mir? Soll ich etwa Kinder aufspüren?«

»Nein, aber da rausholen!«

»Da rausholen?«

Stone hatte das Gefühl, im falschen Film zu sein. Das hier musste sich um eine Verwechslung handeln.

»Ja, genau. Mr. Stone, wir haben Sie in den vergangenen Wochen beobachtet und würden Sie gern anwerben. Wir denken, dass Sie Potenzial haben. Mit der richtigen Ausbildung wären Sie genau unser Mann. Ein Mann, der Kinder rettet.«

»Wie kommen Sie bitte darauf, dass ich Ihnen helfen werde?«

»Weil du willst, dass die Welt wieder ein sicherer Ort wird.«

Stone spürte plötzlich eine Hand auf seiner Schulter und drehte sich um. Er hatte nicht bemerkt, dass Cat ins Büro gekommen war, und blickte nun irritiert in ihre grünen Katzenaugen.

»Ich dachte, du wolltest ans Meer?« Stone biss sich auf die Lippen. Eigentlich wollte er einen Scherz machen und merkte nun, noch bevor die letzte Silbe verklang, dass ihm dieser gründlich misslungen war. Cat bemühte sich zu einem Lächeln, um die Situation zu retten. Sabrina Smith mischte sich nun ein: »Sie können beide mit einer großzügigen Entlohnung rechnen und sicherlich irgendwann einen längeren Urlaub planen.«

Stone blickte fragend zu Cat. »Beide? Heißt das, du machst da mit?«

Sie nickte. Stone wirkte für einen Moment ratlos, fing sich aber wieder und war schließlich ihren Blicken erlegen. »In Ordnung. Ich helfe Ihnen.«

»Das freut uns außerordentlich, Mr. Stone. Ich denke, dass Sie beide unsere Mannschaft optimal ergänzen werden.« Sabrina Smith wandte sich an Schuhmacher: »Sie werden von unserer Organisation natürlich dafür entschädigt, dass die beiden nicht an der nächsten Tour teilnehmen können.«

Schuhmacher schluckte und schwieg zufrieden, als er die Summe sah, welche die Blondine gerade auf einen Scheck schrieb.

O'Neil nickte, bevor er sich an die beiden neuen Rekruten wandte: »Morgen Nachmittag werden Sie beide von einer Limousine abgeholt, die Sie zum Sitz unserer Organisation bringt.«

Cat und Stone stimmten zu, der Glatzkopf und die Blondine verabschiedeten sich.

Als die Tür des Büros ins Schloss fiel, konnte Schuhmacher nicht mehr an sich halten. »Das war ja wie in einem Agentenfilm, meine Güte!« Er legte die Hände auf die Schultern der beiden. »Ich verliere euch nur ungern. Ihr seid die besten Pferde, die ich jemals im Stall hatte, und eines sollt ihr ruhig wissen, ihr könnt jederzeit zu mir zurückkommen.«

Beide schenkten ihm ein zögerliches Lächeln und verließen das Büro.

»Na, dann packe ich mal zusammen«, sagte Cat und wollte sich gerade auf den Weg zu den Unterkünften machen, als Stone sie zurückhielt.

»Warum?«

Sie stoppte, holte tief Luft und drehte sich dann zu ihm um. Tränen hatten sich in ihren Augen gesammelt und Stone erschrak, weil er eine solche Gefühlsregung von der taffen Cat noch nie zu Gesicht bekommen hatte.

»Weil ich endlich eine Chance bekomme, meine Vergangenheit aufzuarbeiten.«

Stone hielt die Luft an – verwirrt und verunsichert zugleich. Er wusste nicht, wie er sich verhalten sollte und blieb wie von einem Sicherungsmechanismus gebremst stehen.

Cat legte eine Hand an seine Wange und küsste ihn auf den Mund. »Danke, dass du das verstehst und mich begleitest.«

Stone drückte sie fest an sich. Er wollte jetzt keine Fragen stellen, konnte er doch fühlen, wie aufgewühlt sie war. »Ich werde dich mit meinem Leben beschützen.«

»Ich glaube eher, dass ich dich beschützen muss.«

Sie lachte und Stone spürte dabei, wie ihr Brustkorb bebte. Er war beruhigt, ihr Humor schien noch intakt zu sein. Schließlich lösten sie sich aus der Umarmung und machten sich an die Vorbereitungen.

Am Abend hatten beide gepackt und alles Notwendige erledigt. Entspannt lagen sie in Cats Bett und tranken Bier, Stone hatte ein Gespräch begonnen. Seit dem Erlebnis am Nachmittag schien es ihm, als würde er im Grunde nichts über Cat wissen. Es hatte ihn berührt, sie so verletzlich zu sehen, und es tat ihm weh. Für einen Moment hatte er unvorstellbares Leid in diesen grünen Augen gesehen und er wollte alles dafür geben, dass sie nie wieder etwas Derartiges durchmachen musste. Nur zu gern hätte er in Erfahrung gebracht, was sie quälte und was sie veranlasste, ihr Leben aufzuarbeiten. Die schlimmsten Vermutungen hielten in seinen

Vorstellungen Einzug. Stone hätte sie am liebsten einfach gefragt, um sich zu vergewissern, dass eben nur seine Fantasie mit ihm durchging. Doch waren seine Vermutungen zu bizarr, als dass er sie hätte aussprechen können. Irgendwann fasste er sich doch ein Herz und wechselte das Thema, um der Sache auf den Grund gehen zu können.

»Was wird da wohl auf uns zukommen?«

Cat gähnte. »Was meinst du?«

»Na ja. Was machen die mit uns? Was heißt das, die wollen uns ausbilden?«

»Baby, woher soll ich das wissen?«

Sie trank den letzten Schluck aus der Flasche und stellte diese auf den Boden neben das Bett. Dann legte sie ihren Kopf auf seine Brust und gähnte erneut. »Das müssen wir auf uns zukommen lassen. Ich meine, das wird bestimmt gefährlich. Eine Ausbildung kann da sicher nicht schaden.«

Stone strich sanft durch ihre Locken. »Klar, eine Ausbildung ist okay. Doch was meinte der Typ? Kinder rausholen? Woraus?«

Cat antwortete nicht. Sie war eingeschlafen. Stone hingegen war hellwach. Gedanken kreisten in seinem Kopf. Wirre Gedanken. Bilder von Agentenfilmen und Marvel-Comics tauchten vor seinem geistigen Auge auf. Er dachte an die X-Men und Wolverine, bis er begriff, dass er vielleicht die Möglichkeit bekam, endlich etwas Sinnvolles in seinem Leben zu tun. »Das wäre das erste Mal« flüsterte er zu sich selbst.

Er war bereit.

KAPITEL 6

Die Limousine parkte vor einem Anwesen. Stone blickte durch das Fenster und war sichtlich beeindruckt. Der Anblick übertraf alles, worauf O'Neil sie während der Fahrt eingestimmt hatte. Der Chef des Rekrutierungsteams hatte die Zeit genutzt, um die beiden auf das vorzubereiten, was auf sie zukommen würde – vor allem, was die Hintergründe von *Vanessa* betraf. O'Neil erzählte von der Namensgeberin Vanessa, eine der Jefferson-Töchter. Sie wurde vor den Augen ihrer älteren Schwester Nicole entführt. Dieser Vorfall war der Auslöser, die Organisation *Vanessa* ins Leben zu rufen. Multimilliardär Ted Jefferson scheute weder Mühen noch Kosten, Personal anzuheuern, das seine Tochter aufspüren und retten sollte. Daraus entwickelte sich die Idee, auch anderen Eltern zu helfen, deren Kinder als vermisst galten.

Das *Vanessa*-Team wuchs stetig, Jefferson griff dafür tief in die Tasche. Cat und Stone erfuhren, dass die Tochter immer noch nicht gefunden worden war, aber der Milliardär verständlicherweise seine Hoffnungen immer noch nicht aufgegeben hatte. Aus dem Anwesen der Jeffersons wurde im Laufe der letzten Monate eine Rettungsbasis, die auch von außen optisch was hermachte. Als Stone durch das Autofenster das Grundstück betrachtete, fühlte er sich tatsächlich an die X-Men-Comics erinnert. Er lehnte sich zu Cat und flüsterte: »Wohnt hier Professor Xavier?«

Seine Stimme war aber nicht leise genug, Finbarr O'Neil hatte Stones Kommentar gehört und schmunzelte. »Das ist nicht die X-Mansion.«

Der Fahrer, Herb war sein Name, fing plötzlich an zu lachen. Stone beobachtete sein Gesicht durch den Rückspiegel.

»Was, Herb?«

»Entschuldige, O'Neil, aber so langsam fehlt nicht mehr viel und es ist tatsächlich die X-Mansion.«

Herb drehte sich zu seinen Fahrgästen um, seine stahlblauen Augen fixierten Stones Bizeps. »Welchen Namen wird man dir wohl geben? Colossus?«

Stone beugte sich bedrohlich nach vorn. Das Lächeln aus Herbs Gesicht verschwand.

»Keine Ahnung … aber ich habe schon einen Namen für dich, Hampelmann!«

Cat legte beruhigend eine Hand auf Stones Schulter und drückte fest zu, um zu signalisieren, dass es Zeit war, auszusteigen. Stone zog die Augenbrauen nach oben und folgte Cat aus dem

Wagen. Er schulterte seinen Seesack, den er seit der Bundeswehrgrundausbildung sein Eigen nannte. Auf einem Kiesweg gingen sie dem Komplex entgegen. Finbarr O'Neil schritt drei Stufen hinauf und öffnete das Eingangsportal, zwei massive Holztüren mit Eisenbeschlag. Cat, Stone und Herb gingen ihm hinterher. Im Inneren empfing sie eine junge Frau in einem schwarzen Anzug. Stone konnte sich einen weiteren sarkastischen Spruch nicht verkneifen: »Ich habe mich geirrt. Wir sind bei den Men in Black.«

O'Neil ignorierte ihn und sprach mit der Frau, die wie ein Wachmann am Eingang stand. »Steele! Wie ist die Lage?«

Sie verzog das Gesicht, als sie antwortete: »Keine Veränderung. Kein Lebenszeichen. Weder vom Team noch von Vanessa.«

»Was ist mit ihrer Schwester?« O'Neils Stimme klang besorgt.

»Nicole hat sich auf ihr Zimmer zurückgezogen. Ich glaube, sie schläft.«

O'Neil nickte. »Du lässt sie nicht aus den Augen! Ohne dich, Veronika, wird sie das Gebäude nicht verlassen. Verstanden?«

»Verstanden!«

Veronika blickte ernst, O'Neil klopfte ihr freundschaftlich auf die Schulter. Schließlich wandte er sich an Stone und Cat: »Kommt, ich führe euch ein wenig herum und zeige euch dann eure Unterkünfte.«

»Unterkünfte?«, fragte Cat, in ihrer Stimme lag ein ungläubiger Unterton. O'Neils rechter Mundwinkel bewegte sich nach oben. »Ach so, ihr seid ein Paar? Dann zeige ich euch natürlich eure Unterkunft.«

Gespannt auf das, was sie erwarten würde, folgten sie ihm.

Nachdem sie das Foyer passiert hatten, fuhren die drei mit dem Aufzug in ein gemauertes Kellergewölbe. *Einladend sieht das jetzt gerade nicht aus,* dachte Stone und schaute fragend zu Cat, deren Miene keine Emotion offenbarte.

»Ich werde euch erst einmal mit euren Kontaktpersonen vertraut machen. Das heißt, wenn wir sie antreffen. Das ist ja hier kein Internat oder Gefängnis.«

»Oh, das ist beruhigend!«, erwiderte Stone. Immer, wenn er unsicher war, wurde er sarkastisch. Dieses Anwesen, dieser O'Neil und das ganze Drumherum waren so surreal, so bizarr.

Sie betraten einen Raum, der komplett hellgrün gefliest war. An der einen Wand befanden sich zwei Krankenbetten, auf der gegenüberliegenden Seite stand eine junge Frau mit langen, unnatürlich blonden Haaren, die zu einem kunstvollen Zopf gebunden waren, und studierte eine Röntgenaufnahme.

»Unsere Krankenabteilung. Das könnte unter Umständen ein wichtiger Ort für euch werden«, kommentierte O'Neil.

Die Frau drehte sich zu ihnen um und bewegte sich lächelnd auf sie zu. O'Neil reichte ihr die Hand zum Gruß und erklärte: »Das ist Doktor Mandy Franks, die Leiterin der Krankenstation.«

Franks streckte erst Cat und dann Stone die Hand entgegen. »Freut mich! Sie sind dann wohl die neuen Rekruten?«

»Oh, entschuldige, Mandy. Das sind Silvia Kruger und Rob Stone. Sie werden unsere Spezialabteilung ab sofort verstärken.«

»Cat!«, mischte sich Cat ein, um klarzustellen, dass sie es nicht mochte, mit Silvia und schon gar nicht mit ihrem vollständigen Namen angesprochen zu werden.

»Okay.« Doktor Franks verstand den Wink und blickte auf die Gesichter der Neuankömmlinge, die von den Final-Kämpfen immer noch gezeichnet waren. Cats linke Wange war blau eingefärbt und der

Cut über Stones rechter Augenbraue war immer noch deutlich sichtbar.

»Ich werde mich um euch kümmern, wenn es sein muss. Macht euch keine Sorgen.«

Stone nickte und schaute sich um. Beim Anblick der Krankenstation fühlte er sich nicht gerade wohl. Wer hier lag, hatte eine Niederlage kassiert, war ein Opfer.

»Ich denke nicht, dass wir uns hier unten noch einmal begegnen werden.«

»Das habe ich in den letzten Wochen öfter gehört und ich wünschte, es wäre so, aber glaubt mir, freundet euch lieber mit dem Gedanken an, dass wir uns wiedersehen werden.«

Sie blickte beiden tief in die Augen, Stone erkannte eine Gewissheit, die ihm einen kalten Schauer über den Rücken jagte.

»Ihr habt keine Ahnung, worauf ihr euch da einlasst, oder?«, fragte Doktor Franks kühl und schob einen Vorhang beiseite. Robs und Cats Blicke fielen auf eine Bahre mit einem gefüllten Leichensack darauf. Doktor Franks öffnete den Reisverschluss. Der bleiche Körper eines toten Jungen kam zum Vorschein, er war nicht älter als zehn.

Stone schluckte und auch Cat bekam kein Wort heraus.

»Ist das der Junge, den Gizmo heute rausgeholt hat?«, wollte O'Neil wissen. In seiner Stimme lag tiefer Zorn.

»Ja. Das ist Ron Meyers. Neun Jahre alt.«

Der Körper des Jungen sah völlig abgemagert aus. Seinen Kopf zierten schorfige Stellen und seine Arme waren übersät mit Blutergüssen.

»Woran ist er gestorben?« Stone war fassungslos.

»An inneren Blutungen. Er war dehydriert, unterernährt, wurde offensichtlich massiv geschlagen. Mindestens zwei Wochen lang.«

»D-d-dass Menschen zu so etwas fähig sind?«, reagierte Stone schockiert, der kalte Schauer auf seinem Rücken war zurück.

»Menschen? Das sind keine Menschen!« Cats Stimme klang eisig.

Doktor Franks nickte und stimmte ihr zu. »Ja, das sind keine Menschen. Das sind Tiere! Gewöhnt euch an diesen Anblick. Das hier ist kein Einzelfall.«

Die Türsteherin Veronika kam plötzlich in die Station gerannt. »Schnell! Es gibt einen Zwischenfall.«

Die Anwesenden blickten erschrocken auf, während vom Stockwerk über ihnen dumpfes Getrampel durch die Decke drang.

»Was ist passiert, Steele?«, fragte O'Neil besorgt.

»Das solltest du dir selber ansehen.«

Veronikas Gesicht war gerötet, die Augen wirkten feucht, als hätte sie geweint. Finbarr O'Neil machte sich sofort auf den Weg, alle anderen folgten ihm. Während der Fahrt im Aufzug trafen sich immer wieder die Blicke von Steele und ihm. Er versuchte scheinbar, von ihren Augen abzulesen, was passiert war. Die Tür öffnete sich und gab die Sicht auf das Geschehen frei. Das Treppenportal und das Foyer waren bis zum Eingang gesäumt mit Menschen. Stone tippte auf mindesten fünfundzwanzig Personen, die den Weg nach draußen versperrten. O'Neil verschaffte sich lautstark Platz und bahnte sich den Weg durch die Massen, während die anderen ihm folgten. Als er durch die weit offenstehende Eingangstür schließlich nach draußen sah, blieb er auf den Stufen abrupt stehen. Stone und Cat stoppten unvermittelt neben ihm. Der blutverschmierte Kopf einer dunkelhaarigen Frau lag vor ihnen im Kies der Einfahrt, daneben ein abgetrennter Arm. Davor hockte eine Frau, ihr Haar wehte sanft im Wind. Tränennasse Augen schauten auf, als sie O'Neil bemerkte, der ihr behutsam eine Hand auf die bebende Schulter legte.

»Bibi! Es ist Bibbi!« In ihrer Stimme lag Entsetzen, Wut und Traurigkeit zugleich. Eine hünenhafte

Gestalt kam ihnen entgegen, an die zwei Meter groß. Mit seiner Statur und dem dunklen Vollbart erinnerte ihn Stone an Bud Spencer. In seinen Armen lag ein weiterer lebloser Körper. Doktor Franks ging zu ihm und fühlte den Puls der Frau.

»Sie lebt! Sie muss sofort auf die Station! Bringst du sie bitte nach unten, Gizmo?«

Der Hüne nickte und blickte besorgt zu der bewusstlosen Frau in seinen Armen. »Halte durch, Janine!«

Er setzte sich in Bewegung. Die geschockten Anwesenden bildeten sofort eine Gasse, durch die der Hüne schritt und im Haus verschwand.

»Tatjana! Was ist passiert?«, rief O'Neil zur Frau hinüber, die immer noch reglos vor dem abgetrennten Kopf hockte und weinte. Da sie nicht reagierte, kniete sich O'Neil neben sie, berührte sanft ihren Arm und suchte Blickkontakt.

»Hey, Monday! Was ist hier passiert?«

Tatjana Monday starrte auf den blutigen Stumpf des Kopfes und hielt den abgetrennten Arm in der Hand. Ihre Stimme klang voller Traurigkeit, als sie antwortete: »Gemeinsam mit Veronika hörte ich von draußen einen ungeheuerlichen Lärm, als wenn zwei Autos einen Crash verursacht hätten. Wir gingen raus, um nachzusehen, was passiert war. Ein Jeep hatte das Einfahrtstor durchbrochen, fuhr mit vollem Tempo auf uns zu und wurde dann abrupt gebremst. Zwei Vermummte stiegen aus und richteten wortlos ihre Waffen auf uns. Dann öffnete sich die Tür des Jeeps erneut und jemand warf Bibbis Kopf und diesen Arm heraus. Die beiden Vermummten schleuderten Janine wie einen Müllsack vor unsere Füße, stiegen wieder ein und der Jeep rauschte davon.«

Ein Leichensack wurde ausgebreitet, der abgetrennte Kopf darin verstaut. Behutsam legte Tatjana Monday den blutigen Arm dazu, sie schwieg einige Sekunden, dann richtete sie sich auf. Entschlossenheit lag in ihrer Miene. »Diese Schweine werden dafür bezahlen!«

An Mondays Wangen liefen Tränen hinunter und fielen in den Kies. Sie blickte nach unten, hockte sich unvermittelt hin und tastete an Bibbis vermeintlicher Handfläche, als wenn sie etwas entdeckt hätte. »Seht nur! Da ist etwas hineingearbeitet, etwas Hartes … ein Gegenstand!«

O'Neil erhob sich und rief nach der Türsteherin. »Steele!«

Veronika stand nicht weit entfernt und bewegte sich auf ihren Chef zu.

»Bring das zu Ivy und Susen ins Labor. Sie sollen schauen, was das ist und alles nach Fingerabdrücken untersuchen.«

Steele nickte, nahm den Beutel mit den Leichenteilen an sich und verschwand.

KAPITEL 7

Cat und Stone saßen an der Bar des Anwesens und versuchten, das Geschehene zu verarbeiten. Sie waren nicht die einzigen, die am Tresen Platz genommen hatten, der von Thomas Baker bedient wurde. Der eine oder andere suchte hier im Gespräch die Ablenkung oder etwas Hochprozentiges zum Abtöten der negativen Gedanken.

Wie sich herausstellte, beschäftigte Ted Jefferson eine ganze Armee und darüber hinaus jede Menge Personal, um alle Beteiligten zu versorgen und vor allem bei Laune zu halten. Der Multimilliardär schien nicht nur auf ein großes Netzwerk von ehemaligen Bundesagenten zurückzugreifen, an der Bar hatten Stone und Cat zunächst Natascha Gramow kennengelernt, eine ehemalige KGB-Agentin, die ebenfalls für *Vanessa* angeworben worden war. Stone wurde neugierig und wollte wissen, wie die Russin mit dem starken Akzent an Jefferson geraten war. Nach dem vierten Wodka wurde ihre Zunge etwas lockerer. Sie erzählte, dass sie Ted und Jessica Jefferson in Moskau auf einem Technologiekongress kennengelernt hatte. Sie gehörte damals dem Sicherheitsteam an und war zum Schutz der beiden abgestellt worden. Jefferson hatte eine völlig neue Energiegewinnungsmethode entwickelt, an der die Russen interessiert waren. Seine Fusionskraftwerke, in denen Wasserstoff zu Helium umgewandelt werden sollte, waren in der Lage, die unsicheren Atomkraftwerke und umweltschädlichen fossilen Brennstoffe abzulösen. Gramow und die Jeffersons verstanden sich auf Anhieb, sodass zwischen ihnen sogar vertraute Kamingespräche stattfanden. Sie tauschten sich nicht nur über die Verschiedenheit ihrer politischen Systeme aus, sondern auch über Privates. Als der Kongress endete, gab Jefferson ihr eine Visitenkarte mit der Bitte, keine Scheu zu haben, sich zu melden, falls sie ihr altes Leben hinter sich lassen wollte. Als Stone das hörte, konnte er nicht begreifen, dass Natascha Gramow tatsächlich ihre KGB-Karriere aufgegeben hatte.

»Wolltest du das aus politischen Gründen tun oder hattest du in Russland etwas zu befürchten?«

Cat stieß ihren Fuß unsanft gegen sein Schienbein und verdrehte die Augen. Natascha bemerkte den Tritt, schmunzelte und wiegelte ab. »Es ist okay, dass er fragt. Ich wäre auch neugierig. Meine Gründe waren etwas vielschichtiger, eigentlich von allem etwas.«

»Du musst uns nichts erklären«, erwiderte Cat und lächelte. Natascha kippte den fünften Wodka hinter. Ihr Gesicht nahm plötzlich harte Züge an, als sie zu erzählen begann: »Mein Onkel war ein unbarmherziger, rachsüchtiger und unberechenbarer Offizier. Nicht nur in der Roten Armee. Unsere gesamte Familie fürchtete ihn. Doch das Schlimmste war, dass er es auf meine Schwester Ivona abgesehen hatte. Bei jeder Gelegenheit ... jeder Familienfeier ... jedem Ausflug ... oder wenn er zu Besuch bei uns war, vergewaltigte er sie. Alle wussten es, aber niemand traute sich, etwas dagegen zu unternehmen. Im Kommunismus gab es keine niederen Instinkte, durfte es nicht geben. Dieses System schloss so etwas aus. Versteht ihr? Selbst wenn jemand aus meiner Familie den Mut aufgebracht hätte, den ach so verdienten Sohn des Vaterlandes als miesen Vergewaltiger zu enttarnen – niemand hätte uns geglaubt, niemand hätte uns geholfen. Deshalb ging ich zum KGB, um mich ausbilden zulassen. Mein Ziel war es, irgendwann meine Schwester beschützen zu können, indem ich den *General*, wie wir ihn alle nannten, beseitigte. Sein Tod war die einzige Chance, dem Martyrium meiner Schwester ein Ende zu bereiten. Allerdings kam das alles zu spät. Bevor ich Mittel und Wege fand, nahm sich Ivona das Leben.«

Natascha leerte ihr Glas erneut und ließ sich vom Barkeeper nachschenken. Cat und Stone hörten gebannt zu.

»Von da an hatte ich nur ein Ziel, den *General* zu töten. Das Angebot der Jeffersons kam genau zur richtigen Zeit. Ich liquidierte meinen Onkel und verließ das Land. Seitdem bin ich für die Sicherheit der Jeffersons zuständig. Allerdings nahm ich meine Tätigkeit erst auf, nachdem Vanessa entführt wurde.«

»Du hättest es nicht verhindern können!«

Neben Natascha setzte sich plötzlich ein junger Mann.

»Mario! Fängst du schon wieder mit deinen Verschwörungstheorien an?«

Die Russin schien genervt. Der dunkelhaarige Typ bestellte einen Wodka-Martini und stellte sich Cat und Stone vor. »Mario Cannavaro, ehemals CIA.«

»Wow!« Stone war beeindruckt, in welchen elitären Dunstkreis er da geraten war. »Wie verliert man denn diese Clubmitgliedschaft?«, wollte er wissen und zog vorsichtshalber sein Bein aus Cats Trittbereich.

»Na ja, indem man bescheinigt bekommt, seinen Dienst nicht mehr ausüben zu können«, brummte er und hob dabei sein Hemd ein wenig hoch. Zum Vorschein kam eine etwa zwanzig Zentimeter lange Narbe.

»So ist das eben, wenn man seinem Land dient, fast dabei draufgeht und dann seinen Job verliert. Posttraumatische Belastungsstörung nennt man das wohl, wenn das Erlebte einen daran hindert, seinen Aufgaben in angemessener Form nachzukommen. Ich nenne es die einzig wahre Reaktion auf diese beschissene Welt da draußen, denn Gerechtigkeit gibt es nur in der Hölle.«

Stone nickte. »Was ist da passiert heute?«

Mario Cannavaro rieb sich die Hände, als ihm sein Drink serviert wurde. Er nahm einen Schluck und stellte das Glas ganz sachte wieder auf den Tresen. »Die Rettungsaktion ist gescheitert!«

»Rettungsaktion? Von wem?«, wollte Stone wissen.

»Ted Jefferson hat seine Tochter noch lange nicht aufgegeben. Es liegt in der Natur der Sache, dass man für solchen Ehrgeiz irgendwann Opfer bringen muss.«

Cannavaro schluckte den restlichen Wodka-Martini herunter und bestellte einen weiteren. Irgendwie schienen sich alle Mitarbeiter der Organisation nach und nach an der Bar einzufinden, um den Schock hinunterzuspülen. Plötzlich erschien der Hüne und legte die Hand auf Nataschas Schulter. Diese drehte sich um und lächelte. »Gizmo, wie geht es Runnings?«

»Janine muss künstlich beatmet werden. Doktor Franks hat entschieden, ihren Körper ins künstliche Koma zu versetzen, bis die Untersuchungen abgeschlossen sind. Vielleicht muss sie heute Nacht noch operieren.«

»Deswegen bist du aber nicht gekommen, oder?«

Gizmo schüttelte den Kopf. »Nein, der Chef will dich sehen.«

Natascha nickte wortlos, nahm einen letzten Schluck Wodka und verließ die Bar. An ihre Stelle setzte sich der Hüne auf den Barhocker. Stone sah zu ihm hinauf. Der Whiskey hatte auch ihn inzwischen locker werden lassen.

»Gizmo? Darfst du nach Mitternacht nichts mehr essen?«

»Fast! Ich darf nach Mitternacht nichts mehr trinken.« Der Hüne schaute auf seine Uhr. »Da habe ich ja noch Zeit. Thomas, gibst du mir einen Whiskey?«

Der Barkeeper nickte und machte sich an die Arbeit.

»Ihr seid wohl die Neuen?«

»Wenn das unsere Bezeichnung hier ist, ja«, flüsterte Cat mehr zu sich selbst. Stone hatte schon lange nicht mehr diesen sarkastischen Unterton in ihrer Stimme vernommen.

Cannavaro erhob das Glas. »Na dann, herzlich willkommen! Da habt ihr euch ja den besten Tag ausgesucht, um bei uns einzusteigen.«

Gizmo nippte am Whiskey und schien über Marios Worte nachzudenken. Cannavaro blickte ungläubig zum Hünen. »Du bist ja so still heute?«

»Ich denke nur darüber nach, ob ich mich an den Tag erinnere, an dem du zum Pessimisten mutiert bist.«

»War das nicht der Tag meiner Geburt?«

Beide stießen zeitgleich ein freudloses Lachen aus, das ebenso schnell wieder verstummte. Scheinbar realisierten beide, dass es für Scherze kein guter Augenblick war. Gizmo setzte das Whiskeyglas an und leerte es in einem Zug. Für einen Moment schien er den angenehmen Nachgeschmack zu genießen, dann wandte er sich an Cat.

»Ihr müsst Mario entschuldigen, er gehört zu den Menschen, für die das Glas immer halbleer ist.«

»Hast du nicht etwas vergessen?« Cannavaro lächelte wieder, doch auch jetzt wirkte er keineswegs belustigt.

»Dass du hinter jedem Vorhang den schwarzen Mann vermutest?«

Cannavaro nickte zufrieden.

»Mein Freund, ich habe einfach zu viel erlebt. Dinge, bei denen du sagen würdest, so etwas gibt es nicht, so etwas kann nicht passiert sein. Das ist nicht der schwarze Mann, den ich hinter dem Vorhang vermute, es ist meine Berufserfahrung bei der CIA, die mich manche Dinge anders betrachten lässt.«

Cat wechselte das Thema. »Du hast vorhin zu Natascha gesagt, dass sie die Entführung Vanessas nicht hätte verhindern können.«

»Hätte sie auch nicht.«

»Aber warum?«, hakte Cat nach.

Gizmo mischte sich wieder lautstark ein. »Weil er von der fixen Idee besessen ist, dass die Entführer einen Verbündeten in unseren Reihen haben.«

»Einen Verräter?« Stone ballte instinktiv seine Finger zur Faust. Rings um die Bar fing es plötzlich an zu klingeln und zu vibrieren. Auch Cats und Stones neue Smartphones meldeten den Eingang einer Textnachricht. Gizmo blickte ernst auf sein Gerät.

»Na dann, Freunde, auf geht's! Meeting im ersten Stock.«

Alle Anwesenden leerten ihre Gläser und setzten sich fast zeitgleich in Bewegung. Cat und Stone liefen einfach dem Tross hinterher, bis sie in einem Raum ankamen, der Stone an das alte Kino bei ihm um die

Ecke erinnerte. Bequeme Sessel, mit edlem roten Stoff überzogen, schmückten den Raum. An jedem befand sich ein kleiner Beistelltisch und an der Stirnseite des Saales war eine Leinwand angebracht, auf die nun Bilder von drei Frauen projiziert wurden. Unter den Fotos waren die Namen eingeblendet: *Alexandra Marx, Janine Runnings und Bibbi Katchum.* Neben der Leinwand an einem Pult aufgestützt stand ein Mann, dessen Haar von vielen grauen Strähnen gezeichnet war. Neben ihm saß eine Frau im Rollstuhl. Sie wirkte erschöpft, dunkle Augenringe schienen sich tief in die Haut gefressen zu haben. Stone vermutete, dass es sich um die Jeffersons handelte. Als er Natascha Gramow erkannte, die ehrfurchtsvoll neben den beiden Position bezog, fühlte er sich bestätigt.

Der Raum füllte sich und jeder suchte nach einem freien Platz. Als der Geräuschpegel gesunken war, ergriff Ted Jefferson das Wort: »Heute ist für unsere Organisation ein schwarzer Tag. Wir mussten eine schwere Niederlage hinnehmen. Eine Niederlage, die uns aufzeigt, mit welchen Kräften wir es im Kampf gegen Kindesentführung und Missbrauch zu tun haben, und welchen Preis wir zahlen müssen, wenn wir diesen Kampf fortführen. Bibbi, Janine und Alexandra waren die Mitbegründer dieser

Organisation. Als Chefausbilderin mit dem größten Erfahrungsschatz wollte Alexandra Marx diese Rettungsaktion selbst leiten. Ich war damit einverstanden, denn ich erhoffte mir davon den größtmöglichen Erfolg, meine Tochter doch noch lebend wieder in meinen Armen halten zu dürfen. Heute wissen wir mit trauriger Gewissheit, dass die Rettungsaktion gescheitert ist. Bibbi Katchum ist tot, Janine Runnings ist immer noch nicht bei Bewusstsein und Alexandra Marx befindet sich in den Händen der Entführer. In der abgetrennten Hand haben wir einen USB-Stick gefunden. Darauf befindet sich ein Film, eine Botschaft der Entführer. Ich möchte, dass ihr euch diese Botschaft anseht. Wer danach die Organisation verlassen möchte, kann dies tun, ohne Repressalien fürchten zu müssen.«

Ein Raunen ging durch den Saal und Stone hatte das Gefühl, als holten alle zur gleichen Zeit tief Luft. Gebannt schaute er zur Leinwand, als der Film abgespielt wurde. Zu sehen war ein schlecht beleuchtetes Kellergewölbe. Im Vordergrund standen zwei maskierte Gestalten. Zwischen ihnen lag zusammengekauert eine dunkelhaarige Frau, die eine Melodie zu summen schien.

Als einer der Entführer sie an den Haaren packte und ihren Kopf hochzog, ging ein weiteres Raunen durch den Saal. Das Gesicht von Bibbi Katchum war zu erkennen. Die Gestalt rechts neben ihr trug eine Darth-Vader-Maske. Es schien ein Stimmenverzerrer in ihr integriert zu sein, denn der Typ klang genau wie der abtrünnige Jedi, als er sprach: »Zieht euch zurück! Geht in die Löcher, aus denen ihr gekrochen seid, denn wenn ihr es nicht macht, endet ihr wie diese Schlampe hier.«

Er holte eine Kettensäge hervor, startete den Motor und schnitt Bibbi den Arm ab. Blut spritzte aus der Schulter, während Vader mit einem nächsten Hieb den Kopf vom Körper trennte. Ein Schwall Blut wurde mit dem letzten Herzschlag aus dem Rumpf gepresst, der nun kopflose Körper knallte auf den Boden.

Die maskierten Gestalten verließen das Sichtfeld und stoppten die Aufnahme. Die Leinwand verdunkelte sich, während den meisten der Anwesenden das Entsetzen ins Gesicht geschrieben stand. Niemand war in der Lage, auch nur einen Laut von sich zu geben. Stone blickte zu Cat. Er wollte von ihrem Gesichtsausdruck nicht nur ihre Reaktion ablesen, sondern hoffte auch zu erkennen, ob ihr bewusst war, was sie da gerade zu sehen bekommen hatten. Kein Quentin-Tarantino-Film, dies war die Wirklichkeit. Er wollte wissen, ob ihr bewusst war, worauf sie sich da eingelassen hatten, denn er begriff, dass es der gefährlichste Job sein würde, den er je angenommen hatte, und dass die Wahrscheinlichkeit, dabei zu sterben, schätzungsweise bei neunundneunzig Prozent lag. Doch fühlte er auch die Gewissheit, noch nie zuvor etwas so Sinnvolles getan zu haben. Man würde ihn in die Lage versetzen, Menschenleben zu retten. Er könnte helfen, diesem Abschaum das Handwerk zu legen. Cat stand plötzlich wie von einer Schnur gezogen auf. »Für mich ändert sich nichts. Ich bleibe hier, für Vanessa!«

Nach und nach erhob sich einer nach dem anderen von seinem Sessel und rief: »Für Vanessa!«

Stone war ebenfalls aufgestanden und griff nach Cats Hand. »Dann muss ich wohl auf dich aufpassen.«

»Oder ich auf dich.« Cat lächelte und wirkte so entschlossen wie noch nie.

Alle wandten sich wieder zur Videoleinwand, vor der Ted Jefferson tief berührt feststellte, dass seine gesamte Crew ihm weiterhin seine volle Unterstützung und vor allem bedingungslose Loyalität spendete. Spontan fingen alle Anwesenden an zu applaudieren. Stone erkannte, dass sie alle stolz waren, zu dieser Organisation zu gehören. Als der Applaus abebbte, ergriff Jefferson erneut das Wort.

»Niederlagen sind dafür da, um aus ihnen zu lernen, und das ist genau das, was wir jetzt tun werden. Wenn der Abschaum dieser Welt meint, sich mit uns im Krieg zu befinden, werden wir diesen Kampf nicht nur annehmen, sondern ihn führen, bis diese Brut von der Erde verschwunden ist. Das meine ich wortwörtlich, denn wenn wir aus dieser heutigen Niederlage lernen wollen, müssen wir genau das tun. Dort, wo wir diesem Abschaum begegnen, werden wir ihn an Ort und Stelle eliminieren. Wir können uns nicht darauf verlassen, dass Polizei, Regierung und ihr Behördenapparat den Job erledigen. Wir müssen vollendete Tatsachen schaffen! Wir müssen dabei genauso rücksichtslos vorgehen, denn nur dann werden wir nicht nur Schlachten gewinnen, sondern auch den Krieg!«

Der Saal brach in frenetischen Jubel aus. Der Funke von Jefferson war durch seine Rede auf alle übergesprungen. Es hatte etwas von einer Kriegserklärung, die ein Staatschef seinem Volk überbringt, und Stone hatte das Gefühl, als wenn an diesem Abend etwas zum Leben erweckt wurde.

KAPITEL 8

Stone bekam einen heftigen Tritt gegen den Kopf und sank zu Boden. Es fühlte sich wie ein Blitzschlag in seinem Gehirn an, der langsam die Wirbelsäule hinunterkroch. Für einen Moment dachte er an seinen verlorenen Meisterschaftskampf gegen Abramczik. Tatjana nutzte die kurzeitige Desorientierung ihres Schützlings, legte ihm Handschellen an und nahm ihn in den Schwitzkasten. Mit aller Kraft drückte sie zu.

»Was ist los mit dir?«, presste sie heraus. »Kämpfst du mit halber Kraft, weil ich eine Frau bin oder ist das alles, was du draufhast? Ich habe wohl meine Zeit mit dir vergeudet. Wann willst du mir endlich zeigen, warum man dich für *Vanessa* rekrutiert hat?«

Schmerz machte sich in Stones Schädelpartie breit und über das rechte Auge legte sich ein Schleier. Nicht zum ersten Mal. Die Boxkämpfe in der Vergangenheit hatten ihre Spuren hinterlassen und auch die Fights in der Gegenwart waren nicht von Pappe gewesen. Die letzten sieben Tage hatte er das Gefühl gehabt, er müsse durch die Hölle gehen.

Als er Tatjana als Ausbilderin zugewiesen bekam, war er zunächst nicht davon überzeugt gewesen, von ihr optimal auf die Missionen vorbereitet werden zu können. Doch Tatjana Monday belehrte ihn eines Besseren. Sie brachte ihn an seine Grenzen oder besser gesagt, sie zeigte ihm jeden Tag aufs Neue, dass er diese noch lange nicht erreicht hatte. Stone lernte zunächst, seine Kräfte zu bündeln und auf den Punkt genau nicht nur zu aktivieren, sondern förmlich zu entfesseln. Monday brachte ihm bei, sämtliche Gegenstände in seinem Umfeld zu nutzen und sie als tödliche Waffen einzusetzen – Kerzenständer, Feuerzeuge, Insektensprays, Nagelpfeilen und selbst Bierdeckel. Monday zeigte ihm, wie man Schmerzen nicht nur ertragen, sondern sogar für den Kampf nutzen konnte. Die Ausbildung verlangte ihm alles ab. Es war das härteste Training, welches er je durchlaufen hatte. An einem Abend schaffte er es tatsächlich an die Bar und hoffte, dort ein wenig zu entspannen und soziale Kontakte zu pflegen, doch schlief er schon fast im Sitzen ein. Gizmo, der an diesem Abend neben ihm Platz nahm, hatte einige seiner Trainingseinheiten beobachtet. Bei einem Glas Whiskey hatte er Stone erzählt, dass Tatjana noch nie so hart und erbarmungslos zu einem Schützling gewesen war. Jedenfalls könne er sich nicht daran erinnern.

»Was willst du mir damit sagen?«, hatte Stone gefragt und Gizmo hatte auf seine ganz eigene Art geantwortet: »Ich denke, seit Bibbis Tod und dem Verlust ihrer Mentorin Alexandra Marx hasst sie dieses Dreckspack noch mehr, falls das überhaupt möglich ist. Nimm es also nicht persönlich, mein Freund.«

Gizmo war ihm in den vergangenen Tagen ein wichtiger Begleiter geworden, und das lag nicht nur daran, weil festgelegt wurde, dass sie zukünftig in einem Team zusammenarbeiten sollten. Der Hüne mit dem Aussehen und der gemütlichen Art eines Bud Spencers gehörte neben Natascha Gramow und Mario Cannavaro zu den ersten Mitgliedern der Organisation. Kaum ein anderer verfügte über solch ein geballtes Wissen, was das Projekt *Vanessa* und deren Mitglieder betraf. Gizmo, dessen eigentlicher Name Markus Lazlo war, erzählte ihm, dass Alexandra Marx von Jefferson angeheuert worden war, um alle Rekruten auszubilden. Marx gehörte bis dahin dem US-Militär an und bildete unter anderem die Navy Seals aus, welche Osama Bin Laden töteten. Doch auch bei ihr war der Anreiz nicht nur das Scheckbuch der Jeffersons. Stone hatte den Eindruck, dass alle Mitglieder der Crew eine Verbindung zueinander hatten. Jeder schien irgendwie eine moralische Verpflichtung in sich zu spüren, an diesem Projekt mitzuwirken. Alexandra Marx war es schließlich auch, die Tatjana Monday überredete, ihre Ausbilder-Karriere beim FBI über Bord zu werden, um ebenfalls bei *Vanessa* anzuheuern. Marx avancierte zu ihrer Mentorin und brachte ihr alles bei, was in ihren Möglichkeiten stand. Nun schien es so, als wollte Monday dieses Wissen an Stone weitergeben.

Die letzten drei Tage und zwei Nächte hatten beide im Wald am Tomahawk Slough verbracht. In der rauen Natur und ohne Essen wollte Tatjana ihn an die körperlichen Grenzen bringen. Stone fühlte sich seitdem kraftlos und dauermüde. Er hatte ihr im Prinzip nichts mehr entgegenzusetzen und doch schaffte sie es immer wieder, dass er auch die allerletzten Kraftreserven aus sich herausholte. Stone lernte Kräfte zu aktivieren, von denen er keine Ahnung hatte, dass er sie besaß.

»Was ist los mit dir? Kämpfst du mit halber Kraft, weil ich eine Frau bin?«

Tatjana war gnadenlos. Auch am achten Tag der Ausbildung wollte sie ihm zeigen, wozu er fähig war, wozu er fähig sein musste. »Du wirst in Situationen kommen, in denen du nur überleben kannst, wenn du tötest«, trichterte sie ihm ein, während Stone mit Handschellen gefesselt unter ihr lag.

Tatjana drückte immer fester zu. Stone bekam kaum noch Luft. Die Zeit lief bereits gegen ihn. Nicht mehr lange und er würde das Bewusstsein verlieren.

»Wehr dich, Stone!« fauchte sie zornig. »Du gehörst zur Organisation *Vanessa*. Jetzt zeig endlich, warum das so ist!«

Der Schmerz wich aus seinem Körper und sein rechtes Auge wurde wieder klar. Er konzentrierte sich und mobilisierte all seine Kraft. Plötzlich riss er sich von Tatjana los und stand auf. Blitzschnell sprang er in die Luft, wuchtete seine Beine an den Handschellen vorbei, dass er die Hände nicht mehr hinter dem Rücken hatte, sondern vorn. Mit voller Wucht schlug er mit beiden Fäusten gegen Mondays Kopf, die daraufhin mit einem lauten Schrei zu Boden fiel. Sie landete genau neben einer Machete, geistesgegenwärtig griff sie danach und richtete sich auf. Tatjana streckte ihm die Waffe entgegen, doch Stone nutzte die Gelegenheit und näherte sich ihr so geschickt, dass die Klinge der Machete die Kette zwischen den Schellen durchtrennte. Er holte aus und landete einen heftigen Treffer gegen den Brustkorb seiner Ausbilderin. Monday blieb die Luft weg. Fast gleichzeitig trat Stone ihr die Machete aus der Hand. Sie ließ sich vorn über auf den Boden fallen, wo sie keuchend auf allen vieren verharrte. Stone schien ihr einige Rippen gebrochen zu haben, denn ihr Gesicht war von heftigen Schmerzen gezeichnet. Erstmals hatte er seine Ausbilderin auf die Matte gebracht.

»Bin ich jetzt so weit?« Stone lächelte, wenn auch erschöpft. »Lässt du mich jetzt endlich das tun, warum ich hier bin?«

Er setzte zu einem letzten Tritt an, mit dem er die Machete aus Mondays Reichweite bringen wollte. Doch Tatjana griff mit enormer Geschwindigkeit nach der Waffe, sodass Stone ins Leere trat. Mit der anderen Hand packte sie seinen Fuß und kickte ihm gleichzeitig das Standbein weg. Ehe sich Stone versah, landete er auf dem Rücken, woraufhin ihm Tatjana die Machete an die Kehle setzte. Stone spürte, wie die Klinge in seine Haut glitt und Blut am Hals hinunterlief.

Monday keuchte und hatte offensichtlich Schwierigkeiten, genügend Luft in ihre Lungen zu pumpen. »Weißt du, warum Jefferson so viele Frauen in seinem Team hat? Nein? Weil wir für diese Typen wie ein Trojanisches Pferd sind. Entweder unterschätzen sie uns im ersten Moment und kämpfen nur mit halber Kraft oder sie sind abgelenkt, weil sie mit jedem Blick versuchen, uns auf die Titten zu glotzen.«

Stone war sich sicher, dass er weder das eine noch das andere getan hatte.

»Geh zu Doktor Franks und lass das versorgen. Für heute ist Schluss.« Mit strengem Blick ließ sie von ihrem Schützling ab. Instinktiv fasste sich Stone an die Wunde. Seine Hand war innerhalb kürzester Zeit voller Blut. Tatjana hatte ihm eindrucksvoll bewiesen, dass er noch nicht bereit war.

»Verdammt!« presste er über seine straff gespannten Lippen. Stone war nicht verärgert über die Schnittwunde am Hals, er war sauer darüber, dass es immer noch nicht losgehen konnte. Er wollte sich endlich nützlich machen, wollte endlich helfen, Jeffersons Traum von einer besseren Welt umzusetzen. Während Cat bereits vor zwei Tagen in eine Mission eingewiesen worden war, kam er über das Trainingsprogramm nicht hinaus.

Widerwillig betrat Stone die Krankenstation. Er rechnete mit Hohn, hatte er doch erst vor einer Woche noch getönt, hier niemals zu landen. Doktor Franks wollte gerade die Station verlassen, als ihr Blick auf seine Wunde am Hals fiel.

»Wo hast du denn den Kratzer her?«

»Hatte ich nicht erwähnt, dass ich mir mit einer Katze das Zimmer teile?«

»Ja, doch. Ich erinnere mich.«

Sie blickte zum hinteren Bereich der Station. »Louise?«

Eine Frau mit Brille blickte hinter einem Vorhang vor. »Ja, Mandy?«

»Versorge doch bitte die Wunde, ich muss jetzt los.«

»Natürlich.« Louise holte sofort Verbandsmaterial aus einem Schrank und tupfte zunächst das Blut vom Hals. »Es ist nicht tief aber eine schlechte Stelle.«

Stone schmunzelte. Louise sprach mit Akzent und er überlegte, woher die Arzthelferin stammen könnte. »Italienische Wurzeln?«

Sie musste lachen. »Auf keinen Fall! Ich komme aus Griechenland.«

»Ein schönes Fleckchen Erde.«

»Ja, das stimmt. Du bist aber auch nicht von hier, oder?«

»Das ist wahr. Ich komme aus Berlin, Deutschland.«

»Ist das auch ein schönes Fleckchen?«, wollte Louise wissen, während sie weiter die Wunde abtupfte und schließlich desinfizierte.

»Ich bin mir nicht sicher.«

Sie riss die Packung eines etwa zehn Zentimeter langen Pflasters mit integrierter Kompresse auf und drapierte es auf der Wunde. Zufrieden begutachtete sie ihr Werk. »Fertig!«

Stone schielte nach unten, konnte aber natürlich nichts erkennen.

»Da wird eine Narbe bleiben, sicherlich nicht die einzige.« In Louises Stimme klang Sarkasmus mit, doch in ihrem Lächeln lag Trost.

KAPITEL 9

Stone war wie gelähmt. Seine Muskeln schmerzten, als er versuchte, sich zu bewegen. Verschlafen rieb er sich über die Augen. War da nicht gerade ein Geräusch gewesen? Verdammt, er hatte wachbleiben wollen, um auf Cat zu warten, bis sie von ihrem Rettungseinsatz zurückkehrte. Nach einem Glas Whiskey mit Gizmo an der Bar war er allerdings so müde gewesen, dass er sich hingelegt hatte. Ihm ging es furchtbar. Jeder Knochen tat ihm weh, er hatte das Gefühl, nie wieder aufstehen zu können.

Etwas polterte im Bad, kurz darauf hörte er Würgelaute. Jetzt sammelte er seine letzten Kraftreserven und erhob sich vom Bett. Seine Füße schlurften über den Linoleumboden, während er sich im Dunkeln mühsam Richtung Toilette bewegte. Licht schimmerte durch einen Spalt hindurch. Als Stone sanft gegen die Tür tippte und diese sich weiter öffnete, erkannte er Cat, die über der Kloschüssel hing und sich übergab.

»Alles in Ordnung, Babe?«

Wieder würgte sie und presste den Mageninhalt nach draußen. Hektisch hob sie die Hand, um ihm zu signalisieren, dass er im Moment mit keiner Antwort

rechnen könne. Stone ließ sie allein und wartete vor
der Badezimmertür. Nach einer Weile schien sich ihr
Magen beruhigt zu haben. Sie betätigte die
Klospülung und wusch sich das Gesicht.

»Geht es dir besser?«

Während Cat ins Schlafzimmer trottete, murmelte
sie mehr zu sich: »Das sind keine Menschen.«

»Was ist passiert?«, wollte Stone wissen, holte zwei
Gläser aus dem Schrank und füllte sie mit Whiskey.
Als er keine Antwort erhielt, fragte er nach: »Willst
du nicht darüber reden?«

Dankend nahm Cat das Whiskeyglas entgegen und
trank gierig Schluck für Schluck.

»Ich weiß nicht, ob ich darüber reden kann.« Sie
setzte sich aufs Bett und lehnte sich an ihn. Stone
strich ihr sanft durch ihre Locken und liebkoste ihre
Stirn. Cat zog die Beine an und hielt das Whiskeyglas
wie eine Teetasse, an der man sich an kalten Tagen
aufwärmte.

»Das sind keine Menschen. Zu so etwas können
Menschen nicht fähig sein.« Ihre Stimme war kraftlos
und zitterte. Stone hatte keine Ahnung, was Cat in
den zurückliegenden Stunden gesehen hatte, er
wusste nur, dass es schlimm gewesen sein musste.
Schlimmer als alles, was sie jemals erlebt hatte.
Zwischen Satzfetzen wie: »Das sind

Drecksschweine!« oder »Es ist so surreal!« genehmigte sie sich immer wieder einen Schluck Whiskey. Stone zog die Bettdecke zu sich und legte sie über Cats Schultern. Er schwieg und drückte die vor Wut und Entsetzen zitternde Frau behutsam an sich. Er hatte keine Idee, was jetzt das Richtige wäre oder wie er sich verhalten sollte. Nachdem Cat das Glas geleert hatte, begann sie zu erzählen – erst zögerlich, dann drang es förmlich aus ihr heraus.

»Diese Bilder … bekomme ich nie wieder aus meinem Kopf. Selbst wenn ich die Augen schließe, sehe ich auch jetzt noch jedes absurde Detail vor mir. So etwas brennt sich in deine Seele, nicht wahr? Vielleicht ist es das Bild, was ich in der Ewigkeit immer vor mir sehen werde.«

Ihre Stimme überschlug sich im hektischen Redefluss. Kaum etwas von dem, was sie sagte, ergab einen Sinn. Immer wieder streichelte Stone ihren Kopf. Er spürte, wie sie litt.

»Weißt du, wie das ist, wenn dein Verstand dir sagt, dass das, was du siehst, nicht sein kann? Es ist, als wenn du die Grenze des Unmöglichen sprengst, und dies ist nur möglich, weil gleichzeitig dein Geist abstumpft.«

»Ich weiß es nicht, Babe. Ich habe aber die Befürchtung, dass es nicht mehr lange dauert, bis ich verstehe, was du meinst.«

Ein heißer Tropfen fiel auf seine Hand. Eine Träne, die von Cats Wange gerollt war. Ihr folgten weitere. Sanft legte er die Arme um sie, zog ihren bebenden Körper ganz dicht an sich.

»Was ist passiert, Babe?« Er sprach langsam, als wäre er ein Souffleur im Theater, der den Text vorsagt. Cat holte tief Luft und wischte sich die Tränen vom Gesicht.

»Wir konnten kein einziges Kind retten. Eins lebte noch, als wir eintrafen. Es starb auf der Fahrt.«

Ihre Stimme brach. Cat griff nach Stones Hand und drückte sie mit ganzer Kraft an ihre Brust. »Als wir das Haus stürmten, sahen wir in fast jedem Raum Männer, die sich an jungen Mädchen zu schaffen machten. Diese Dreckschweine störte es nicht, dass die meisten Körper, in die sie ihre Pimmel steckten, bereits leblos waren. Vermutlich sind die Mädchen über Wochen unter Drogen gesetzt worden, trotzdem muss es für sie die Hölle gewesen sein.«

Stone schluckte. »Was sind das für Tiere?«

»Tote Tiere! Sie hätten ihre Waffen nicht überall liegenlassen sollen. Wir haben alle liquidiert. Einen

113

nach dem anderen. Keiner von diesen Ungeheuern wird jemals wieder Schaden anrichten.«

»Willst du noch einen?«

Cat nickte und reichte ihm das leere Whiskeyglas. Stone erhob sich, ging zur Kommode, auf der er die Flasche abgestellt hatte, und schenkte nach. Ausdruckslos nahm Cat das Glas entgegen und leerte sofort die Hälfte des Inhalts.

»Es ist gut, dass wir hier sind. Wir werden diese Schweine alle töten und damit die Erde sicherer machen.«

Er nickte. »Ja, das ist es. Deswegen sind wir hier.«

»Glaubst du an Zufälle?«

Stone lächelte, obwohl ihm nicht danach zumute war. Doch er musste daran denken, wie er und Cat sich das erste Mal vor ihren Zimmern im Flur begegnet waren.

»Seit ich dich getroffen habe, eigentlich nicht.«

»Ich auch nicht. Ich glaube, wir sollen das hier machen. Wir sollen Menschenleben retten, wenn wir diese Säue töten. So verhindern wir, dass sie sich weitere Opfer suchen. Wir bekämpfen nicht die Symptome, sondern die Ursache.«

Cat stellte das Glas ab und kuschelte sich erneut an Stone, der sich wieder aufs Bett gesetzt hatte und sie bereitwillig in die Arme nahm. Sie schloss die Augen, und während er ihr beruhigend den Kopf streichelte, schlief sie körperlich und seelisch erschöpft ein. Das Adrenalin war aus ihrem Körper gewichen.

Am nächsten Morgen durchstreifte Stone auf der Suche nach Monday die Jefferson-Mansion. Er war entschlossen, sich endlich die Freigabe für den ersten Einsatz geben zu lassen. Seine Waden schmerzten und sein rechtes Knie war geschwollen. Die zwei Nächte im Wald und die dazugehörige Kampfausbildung bei Mutter Natur hatten ihre Spuren hinterlassen. Trotzdem fühlte er sich bereit und wollte endlich ins Geschehen eingreifen.

Nachdem er erfolglos in der Mensa, Bibliothek, Waffenkammer gesucht hatte, betrat er die Krankenstation. Dort herrschte reger Betrieb. Von weitem sah er am Krankenbett von Janine Runnings eine Menschentraube stehen. Er erkannte Ted Jefferson, der sich scheinbar direkt vom Zustand seiner Mitarbeiterin ein Bild machen wollte. Neben ihm stand Doktor Franks, die ihn wohl auf den neuesten Stand brachte. Vom Gesichtsausdruck hätte Stone die Lage als zuversichtlich bis optimistisch eingeschätzt. Eine rothaarige Frau stand am Fußende des Bettes und blickte auf Runnings. Stone kam zu dem Schluss, dass es sich hierbei um die Forensikerin Susen Swan handeln musste. Er war ihr erst einmal begegnet. Sie schien ihren Job sehr ernst zu nehmen und war eher selten außerhalb des Labors anzutreffen. Gizmo meinte einmal sogar, dass man munkelte, sie schlafe nie.

Finbarr O'Neil sah Stone am Türrahmen stehen und winkte ihn heran. »Stone!« rief er laut und der Deutsche setzte sich in Bewegung. Als er das Bett erreichte, klopfte ihm O'Neil auf die Schulter und sprach zu Jefferson gewandt: »Das ist Rob Stone.«

Jefferson drehte sich zu ihm und lächelte. »Rob Stone. Ich habe viel über Sie gehört, vor allem über die Wucht ihrer Rechten. Monday sagte mir, Sie könnten jemanden mit einem Schlag töten.«

Stone wurde verlegen. Er wusste nicht, dass seine Ausbilderin solche Vorschusslorbeeren über ihn von sich gab. Bisher hatte er immer gedacht, dass sie über seinen Entwicklungsstand eher enttäuscht war.

»Wenn Monday das sagt.«

Doktor Franks blickte sorgenvoll auf das Pflaster an seinem Hals. »Soll ich mir das mal ansehen?«

Stone schüttelte den Kopf. »Nicht nötig.«

»Ist das von einem Einsatz?«, wollte O'Neil wissen.

»Ich habe mich beim Rasieren geschnitten.«

O'Neil schaute ungläubig und Stone lenkte geschickt von sich ab, als er auf Runnings zeigte und fragte: »Wie geht es ihr?«

Doktor Franks reagierte als Erste: »Wir haben Hoffnung, dass sie bald wieder bei uns sein wird. Doch möchte ich keine Prognose wagen, solange sie im künstlichen Koma liegt.«

»Mit Sicherheit wird sie viel zu erzählen haben.«

»Oh, sie hat uns schon eine Menge verraten«, mischte sich Susen Swan, die Forensikerin, ein.

»Tatsächlich?«

»Natürlich, Rob. Jede Verletzung offenbart uns Geheimnisse. Selbst Tote sprechen zu uns, wir müssen sie eben nur verstehen.« In ihren Worten lag eine Tragik, die wohl nur Forensikern bestimmt war. Ihre Stimme wurde fester, als sie fortfuhr: »Wir werten gerade die gesammelten Daten aus und werden, wenn wir das Puzzle zusammengesetzt haben, unseren Bericht an die Mannschaft kommunizieren.«

Jefferson nickte und übernahm ab hier: »Es ist wichtig, dass wir in unserer Organisation über alles offen und ehrlich reden. Alle Informationen müssen weitergegeben und Entscheidungen transparent erläutert werden. Doch ist es erst hilfreich, wenn diese Informationen vollständig sind, da sonst zu viel

Raum für Spekulationen bleibt, was unter Umständen Leben kosten kann.«

Stone hörte aufmerksam zu. Jeffersons Stimme klang freundlich, er war ein außergewöhnlicher Mensch. Er besaß das, was man wohl als Charisma oder positive Aura bezeichnen würde. Kein Wunder, dass er so viele Menschen zusammenbrachte, die ihm leidenschaftlich folgten. Er hatte einfach dieses gewisse Etwas, was ihm die Gabe verlieh, andere mitzureißen. Jefferson wirkte authentisch, glaubhaft. Wie ein moderner Ritter – King Arthur, der seine Getreuen um sich versammelte. Und auch Stone war von Anfang an bereit gewesen, ihm so etwas wie Treue zu schwören.

»Warum bist du überhaupt hier unten, wenn ich mir deine Verletzung am Hals nicht ansehen soll?«, wollte Doktor Franks plötzlich wissen und holte Stone damit aus seiner Gedankenwelt.

»Ich suche Monday.«

»Welcher Tag ist heute?«

»Montag. Warum?«

»Dann ist sie zum Meditieren in der Halle.«

Stone hob ungläubig die Augenbrauen.

»Du solltest das auch mal probieren.« Doktor Franks zwinkerte ihm aufmunternd zu und wirkte dabei wie eine Lehrerin, die ihren Schüler dazu motivieren wollte, ein Buch zu lesen.

Stone runzelte verwirrt die Stirn und machte sich auf den Weg in die Halle. Er hatte noch nie in seinem Leben meditiert. Warum sollte er jetzt damit anfangen?

Als er die Halle erreichte, sah er tatsächlich Monday auf dem Boden, die Beine über Kreuz sitzend. Ihr gegenüber saß eine junge Frau, die genau wie Monday über einen durchtrainierten Körper verfügte. Beide hatten die Augen geschlossen und verharrten reglos in einer für Stones Geschmack äußerst unbequemen Haltung. Tatjana hörte wohl seine Schritte, als er näherkam, und öffnete ihre Augen. Sie erkannte Stone und schloss sie wieder.

»Setz dich zu uns!« Ihre Stimme klang sanft. »Komm zur Ruhe, schließe deine Augen!«

Stone widersprach nicht und gehorchte, obwohl ihm die Situation etwas skurril vorkam.

»Atme und spüre, wie die Luft in deine Lungen strömt. Halte die Luft an und lasse sie wieder hinaus.«

Stone tat es, ohne darüber nachzudenken. Ein paar Mal atmete er ein, hielt jedes Mal die Luft an und ließ sie einige Sekunden später wieder entweichen.

»Warum bist du hier?«

Stone blinzelte zu Monday, die ihre Augen nach wie vor geschlossen hielt. Also kniff er seine wieder zu und antwortete: »Ich wollte mit dir reden und dich fragen, ob ich endlich einer Rettungsmission zugewiesen werden kann.«

»Aha! Übrigens, das ist Claudia Kingsley, meine neue Rekrutin.«

»Heißt das, meine Ausbildung ist beendet? Bin ich bereit?«

Stone hatte Mühe, seine Ungeduld zu kontrollieren und die Augen geschlossen zu halten. Er hörte, wie Tatjana geräuschvoll Luft holte und kurz darauf wieder ausströmen ließ.

»Es ist nicht die Ausbildung, die dich zu dem macht, was du sein musst. Das, was du sehen wirst, wird dich dazu machen. Daher erübrigt sich die Frage, ob deine Ausbildung beendet sei und du bereit bist. Du wirst bereit sein, wenn es notwendig ist.«

Stone öffnete die Augen und starrte seine Ausbilderin ungläubig an. Er hatte keine Nerven mehr, diese Unterhaltung auf diese Weise fortzuführen. »Was bedeutet das jetzt?«

»Geh zu Gizmo! Soweit ich weiß, ist er aktuell bei einer Rettungsaktion eingeplant. Vielleicht kannst du ihm helfen. Vorher sag O'Neil, dass ich grünes Licht erteilt habe und du den Vertrag unterschreiben willst.«

Stone stand auf und verbeugte sich wie ein Japaner in einem Kung-Fu-Film aus den Siebzigerjahren. Monday bemerkte es nicht, ihre Augen waren noch immer geschlossen.

Auf dem Weg zu den Unterkünften begegnete er O'Neil. Der teilte ihm mit, dass Gizmo bereits zu einem Rettungseinsatz unterwegs war, und bat ihn in sein Büro. Ungeduldig setzte sich Stone in einen roten Ledersessel vor O'Neils imposanten Mahagoni-Schreibtisch.

»Monday sagt, ich bin so weit. Sie gibt grünes Licht, dass ich den Vertrag unterschreibe.«

»Und was sagst du?« O'Neil blickte fragend über die Gläser seiner Brille. »Bist du so weit?«

Stone sah ihm entschlossen in die Augen. »Ich möchte keine Zeit verlieren. Ich will helfen … will endlich dazugehören.«

O'Neil holte aus einem Schrank zwei Whiskeygläser und eine halbvolle Karaffe. Er schenkte großzügig in beide Gläser ein, doch anstatt eines davon Stone zu geben, stellte er sie auf den Schreibtisch, und zwar so, dass Stone sie nicht erreichen konnte. Sein Blick war ernst, starr, undurchdringlich. Stone hatte das Gefühl, als würde ihn O'Neil scannen. Die Sekunden verstrichen, in denen nichts geschah. Da waren nur dieser Blick und eine Stille, die dafür geschaffen schien, Stone in den Wahnsinn zu treiben.

»Dann sei es so.«

Der Moment war vorbei, die Spannung gewichen. O'Neil ließ sich in den schwarzen Lederstuhl hinter seinem Schreibtisch nieder und atmete hörbar aus. »Du wirst jeden Tatort ohne Waffen betreten! Wie du es gelernt hast, wirst du Gegenstände finden, mit denen du die Täter an Ort und Stelle liquidierst! Wenn du nichts Geeignetes findest, wirst du sie mit den Händen töten! Du wirst ohne Gnade gegen diese Schweine vorgehen und jeden einzelnen auslöschen! Du wirst nirgends Fingerabdrücke hinterlassen! Du wirst wie ein Geist sein, Tötungsmaschine und Racheengel in einem! Du wirst das Letzte sein, was diese Dreckschweine sehen werden, bevor sie in die Hölle fahren!«

Stone hörte aufmerksam zu. Jedes Wort drang wie ein brennender Speer in seinen Geist und entfachte endlich jenes Feuer der Leidenschaft, das ihn hoffentlich wärmen würde bis zum jüngsten Gericht.

»Ach ja, noch eins. Sollte dich irgendeine Bundesbehörde aufspüren und festnehmen, bist du auf dich allein gestellt. *Vanessa* wird jeglichen Bezug zu deiner Person abstreiten. Alles andere würde sämtliche Mitarbeiter unserer Organisation und alles gefährden, was hier aufgebaut wurde.«

Stone verinnerlichte den letzten Satz und nickte. »Das verstehe ich. Es geht nicht um den Einzelnen, sondern um die Sache. Ich bin bereit. Wo soll ich unterschreiben?«

O'Neil hob die Augenbrauen. »Was willst du unterschreiben?«

»Na den Vertrag.«

»Wir unterschreiben hier keine Verträge. Bei uns zählt das Wort und ein Glas Whiskey. Trink und besiegle damit deine Zugehörigkeit!«

Finbarr O'Neil nahm die beiden Whiskeygläser an sich und reichte eines davon an Stone. Das Glas klirrte mit einem hellen Ton, als beide auf eine fragwürdige Zukunft anstießen. Genussvoll ließ Stone den Whiskey seine Kehle hinuntergleiten.

»Was ist das für ein edler Tropfen?«

»Das ist ein Midleton aus Irland. Diesen edlen Tropfen gibt es nur bei Vertragsabschluss, bei Auflösung oder wenn jemand von uns stirbt. Mit Ausnahme von meinem Tod, denn ich bin der Einzige, der den Schlüssel zu diesem Schrank besitzt.«

Es klopfte an Tür.

»Ja, bitte!« brummte O'Neil.

Herein kam Mario Cannavaro, gefolgt von einer smart aussehenden und Stone bisher unbekannten Frau. Beide wirkten angespannt, als sie an den Schreibtisch traten und doch nahm sich Mario die Zeit, die Lady im Nadelstreifenanzug vorzustellen.

»Das ist Sandra Funk.«

Stone streckte ihr die Hand entgegen. Sie lächelte.

»Du musst Rob Stone sein«, sprach sie im akzentfreien Deutsch und brachte ihn damit zum Strahlen. *Eine deutsche Landsmännin in der Organisation?* Stone freute sich, wollte aber nicht nachfragen, weil er dachte, dass die richtige Gelegenheit noch kommen würde. Er tat so, als würde er an seinem Hemd ein Namenschild suchen. »Steht hier irgendwo etwa mein Name?«

Sandra schob lässig eine Hand in die Nadelstreifenhose und zwinkerte ihm zu. »Nein, aber Rob Stone ist jedem in der Jefferson-Mansion ein Begriff.«

»Tatsächlich?«

»Ja, dein Kampf gegen Dennis Kane soll legendär gewesen sein. Man erzählt sich, dass die Schlagkraft deiner Rechten tödlich sein soll.«

»Wenn man das Nasenbein richtig trifft, auf jeden Fall.«

»Seid ihr im Fall der Familie Brown weiter?«, unterbrach O'Neil den Smalltalk der beiden.

Cannavaro griff die Frage sofort auf. »Ja, das sind wir. Wir haben den Besitzer des schwarzen Vans ausgemacht. Es ist ein gewisser Walther Wood.«

Sandra legte ein Foto auf den Schreibtisch, auf dem der schwarze Van parkend neben einer Farm zu sehen war.

»Den Van konnten wir auf der Sunrise Farm in der Nähe des Cedar Lake in Indiana ausfindig machen. Nach unseren Informationen hält er dort Kinder gefangen, die er im Darknet zum Verkauf anbietet. Wir haben bereits einen Kontakt hergestellt und vorgegeben, ein interessierter Käufer zu sein.«

»Also hält sich der Junge der Browns höchstwahrscheinlich dort auf?«

Sandra und Mario nickten mit dem gleichen ernsten Gesichtsausdruck. O'Neil nippte an seinem Whiskeyglas und fixierte Stones Augen.

»Gebt Herb die Koordinaten, er soll Stone und Natascha dort hinbringen. Holt die Kinder da raus, lebend!«

Die beiden nickten und bewegten sich Richtung Tür. Stone stellte sein Glas ab und folgte ihnen.

»Ach, Stone?«

Er blieb am Türrahmen stehen.

»Ja?«

»Töte ihn!«

Stone lächelte und verschwand.

KAPITEL 10

Natascha Gramow studierte ausgiebig die Unterlagen, welche sich in einem Umschlag befunden hatten, der ihr von Sandra Funk übergeben worden war, bevor sie die Jefferson-Mansion verließen. Stone blickte durchs Autofenster und fragte: »Sind die zwei so etwas wie die Men in Black bei euch?«

»Du meinst Mario und Sandra?«

»Ja.«

»Mario war bei der CIA und Sandra ist vom FBI.«

»Wie? Sie ist dort noch angestellt?«

»Ja, natürlich. Wie könnten wir sonst auf die beste Datenbank der Welt und gleich mehrere Satelliten zugreifen?«

Stone war wieder einmal beeindruckt, was für ein Apparat hinter der Organisation stand. Welch ein großartiges Netzwerk hatte Jefferson da nur aufgebaut? Er blickte zu Herb, der routiniert den Wagen fuhr. »Und du? Warst du früher der Fahrer des Präsidenten?«

Herb lachte. »Hast du noch nie etwas von dem Rennfahrer Herbert Aspen gehört?«

Stone schüttelte den Kopf.

»Das bin ich! Ich habe 1989 das Daytona-500-Rennen gewonnen.«

»Du bist Rennfahrer?«

»Oh ja. Zumindest war ich das.«

»Wie kommt denn ein Rennfahrer zu Jefferson?«

Aspen lächelte, als würde er sich plötzlich an die guten alten Zeiten erinnern. »Jefferson war der Sponsor meines Rennstalls und Entwickler des Motors. Er hat immer an mich geglaubt und mich auch in schlechten Phasen nie hängenlassen. Als ich das von seiner Tochter erfuhr, hatte ich das Bedürfnis, etwas zurückzugeben. Ich bot meine Dienste an und seither bringe ich mich eben so gut ein, wie ich kann. Wenn es darauf ankommt, gewinne ich jedes Rennen.«

Stone musste schmunzeln. Nach Gizmo schien Herbert Aspen der Zweite bei *Vanessa* zu sein, den er sympathisch fand, auch wenn ihr Start vor einigen Tagen alles andere als freundschaftlich war. Der erste Eindruck, den Stone seinerzeit von Herb hatte, erwies sich nun im Nachhinein als falsch. Aspen war gar kein arroganter Schnösel, kein klassischer Chauffeur aus gutem Hause, sondern ein Sportler. Genauso ein Kämpfer wie Stone.

Natascha schien die Unterhaltung nicht wahrzunehmen. Akribisch blätterte sie in den

Unterlagen, las aufmerksam sämtliche Notizen von Sandra Funk und studierte die Fotos. Schließlich steckte sie alles zurück in den Umschlag, seufzte und erläuterte Stone das, was sie soeben erfahren hatte.

»Dein Nickname, den dieser Walther Wood kennt, ist Jack Frost. Du hast um diesen Termin gebeten. Du wirst dich vorstellen und dir alles zeigen lassen. Denk dir was aus, warum du alle Kinder sehen musst und verwende die gängigen Begriffe der Szene. Das sind keine Jungs, keine Mädchen, sondern Material. Ware! Kapiert?«

Stone nickte, starrte wieder aus dem Fenster und feilte an seiner Geschichte, die er diesem Dreckschwein auftischen musste, bevor er ihn liquidieren konnte. Als könnte Herb seine Gedanken lesen, brummte er, begleitet von einem tiefen Seufzer: »Diese Dreckschweine!«

Natascha rümpfte die Nase. Sie schien mit Herbs Aussage nicht einverstanden zu sein. »Es ist nicht gerecht, diese Kreaturen als Schweine zu bezeichnen. Das haben Schweine nicht verdient. Kein Schwein und kein Tier der Welt würde sich so verhalten. Keine Spezies außer die des Menschen ist so darauf fokussiert, gegen sich selbst zu agieren.«

Stone und Herb hatten dem nichts hinzuzufügen. Natascha hatte recht. Es war irreführend, diese

Menschen, denen sie gleich begegnen würden, als Tiere zu bezeichnen. Vielleicht waren die Assoziationen, die Menschen über sich und Tiere hatten, grundlegend falsch?

Stone blickte nachdenklich aus dem Fenster. Sie fuhren an einem Maisfeld vorbei, im Licht der Scheinwerfer sah er einen Fuchs, der ängstlich davonhuschte. Und noch bevor er über das philosophieren konnte, was Natascha gesagt hatte, stellte Herb nüchtern fest: »Wir sind da.«

»Halte hier an, Herb!« Am Klang von Nataschas Stimme konnte Stone erkennen, wie erpicht sie darauf war, diese Rettungsmission erfolgreich durchzuführen.

Wehmütig blickte sie in den Nachthimmel und sagte leise: »Lass sie heute bitte noch am Leben sein!«

Stone schluckte. Er hatte verdrängt, dass die Möglichkeit bestand, dass sie auf Kinderleichen stießen. »Du gehörtest zur Einsatztruppe von Cat, nicht wahr?«

»Hat sie dir davon erzählt?«

Stone nickte und schloss für einen Moment die Augen, als Natascha flüsterte: »Die letzten fünf Rettungsmissionen scheiterten. Wir haben seit Wochen kein Kind, keine Frau irgendwo lebend rausgeholt. Es wird mal wieder Zeit für gute

Nachrichten. Also tu uns einen Gefallen und hol die Kinder da lebend raus!«

Stone kämpfte gegen den Kloß in seinem Hals an. Er brachte kein Wort heraus. Stumm legte Natascha ihm einen Aktenkoffer auf den Schoss und öffnete diesen. Rob riss die Augen weit auf, als er sah, dass dieser randvoll mit Dollar-Noten gefüllt war.

»So erstickst du von Anfang an jegliches Misstrauen. Lass dir erst alle Kinder zeigen, bevor du diesen Scheißkerl und bestenfalls sämtliche seiner Helfer liquidierst!«

Sie tauschten einen letzten Blick, bevor Stone ausstieg und sich mit dem Aktenkoffer auf den Weg zur Farm machte. Wind wehte ihm eisig entgegen und kühlte seine Stirn. Die Farm lag abgelegen, ein optimales Fleckchen Erde für die schmutzigen Geschäfte eines Walther Wood. Gewöhnlich verirrte sich wahrscheinlich keine Menschenseele hierher. Zumindest nicht freiwillig. Niemand würde die Schreie der Kinder hören, niemand würde Zeuge von dem werden, was gleich geschah. Stone schritt durch das Tor der Farm und bewegte sich langsam auf den Eingang zu. Die Fenster waren so voller Dreck, dass man nicht hindurchsehen konnte. Schließlich betätigte er den Türklopfer, einen Löwenkopf mit einem schweren Ring im stählernen Maul. Damit stieß er kraftvoll gegen die Tür und hinterließ einen dumpfen Ton. Zunächst passierte nichts. Stone spannte seine Finger ein weiteres Mal um den Messingring, als es im Schloss klickte und sich die Tür einen Spalt breit öffnete.

»Ja?«, ertönte eine tiefe männliche Stimme.

»Jack Frost. Wir haben eine Verabredung.« Stone hielt den Aktenkoffer hoch und konnte erkennen, dass sich im Gesicht hinter dem Spalt ein süffisantes Grinsen bildete. Knarrend öffnete sich die Tür und zum Vorschein kam ein grauhaariger Mann, der nicht unbedingt dem entsprach, was Stone sich vorgestellt hatte. Er trug einen Anzug, wirkte sogar irgendwie sympathisch und fehl am Platz.

Stone trat ein. Das Innere des Hauses wirkte genauso vernachlässigt. Offensichtlich wohnte hier schon längst niemand mehr, höchstens ein paar Landstreicher und aktuell eben dieser Mr. Wood.

»Kommen Sie, Frost. Ich zeige Ihnen, was wir zu bieten haben.« Der Grauhaarige schritt galant voran, als wäre er ein Schlossherr. Stone folgte ihm. Zufrieden sah er ein langes Messer, welches Walther Wood an seinem Gürtel trug. *Damit lässt sich mit Sicherheit arbeiten.*

Sie passierten eine Kellertreppe, unten angekommen, öffnete Wood mit einem recht massiven Schlüssel eine Eisentür. Dahinter erstreckte sich ein Zimmer, das Stone an einen Verhörraum erinnerte, wie er ihn aus Krimiserien kannte. Mitten im Raum befand sich ein Metalltisch mit zwei Stühlen, dahinter ein bodenlanges Fenster, das in die Zwischenwand eingelassen worden war. Es wirkte genauso deplatziert wie dieser Wood und erinnerte Stone an ein Schaufenster.

Fehlt nur noch die Leuchtreklame und sanfte Musik.

Stone erschauderte angesichts seines sarkastischen Gedankens und der Vorstellung, was er vielleicht gleich zu sehen bekäme. Wood bot ihm Platz auf einem der Metallstühle an, als befänden sie sich in einem gemütlichen Wohnzimmer, wo sie einen Drink nehmen und ein bisschen Konversation betreiben würden. Stone hielt die Luft an, setzte sich und stellte den Koffer neben den Stuhl. Wood nahm ebenfalls Platz, legte galant die Beine übereinander und lehnte sich lächelnd zurück.

»Reden wir übers Geschäft, Mr. Frost. Was suchen Sie und wie viel möchten Sie investieren?«

Stones Miene blieb unergründlich. Seine Ausbilderin hatte ihm beigebracht, die Wut zu kontrollieren. Er öffnete den Koffer mit dem Geld und sagte in ruhigem Tonfall: »Ich bin nicht festgelegt auf ein bestimmtes Muster. Für eine

Filmproduktion benötige ich einiges an Ware. In gutem Zustand. Kurzfristig. Daher möchte ich jetzt gern alles sehen, was sie vor Ort anzubieten haben.«

Wood grinste, als er den Inhalt des Aktenkoffers betrachtete. »Selbstverständlich! Wie ich sehe, wollen Sie eine größere Summe investieren. Sehr schön.«

Lächelnd erhob sich Wood und verschwand rufend hinter einer Tür neben dem Schaufenster. »Peggy? Wir haben Kundschaft. Mach die Ware fertig!«

Kurz darauf hörte Stone das Geräusch von schweren Ketten. Am liebsten wäre er aufgesprungen, durch die offene Tür diesem Wood nachgegangen und hätte kurzen Prozess gemacht. Aber er musste geduldig sein. Er durfte jetzt nicht daran denken, wie viele Kinder dort hinten gequält wurden, durfte diese Gedanken nicht zulassen, die ihm die Konzentration raubten und Leben kosten konnten. Wood kehrte zurück und setzte sich immer noch lächelnd Stone wieder gegenüber.

»Leider kann ich Ihnen derzeit nur zwei anbieten. Einen Jungen und ein Mädchen. Wenn ich gewusst hätte, dass Sie solch großen Bedarf haben, hätte ich frische Ware besorgt oder zumindest die alte nicht an Billy verkauft.«

»Billy?«

»Ja, Billy. Ein Stammkunde, wenn Sie verstehen.«

»Wo finde ich diesen Billy? Vielleicht kann ich ihm ein paar Exemplare abkaufen.«

Woods Lächeln wurde breiter. »Gegen das nötige Kleingeld verkaufe ich Ihnen die Information gern.«

»Das ist kein Problem.«

Wood nickte zufrieden. »Warten Sie, ich schreibe Ihnen die Adresse auf. Das macht dann fünfhundert.« Geschäftig wie ein Buchhalter zog Wood einen Bleistift hinter seinem rechten Ohr hervor und kritzelte etwas auf einen Zettel, den er aus seiner Hosentasche gezogen hatte. Dann schob er die Notiz über den Tisch, hielt seine Hand jedoch schützend darüber.

»Cash, Mr. Frost!«

Stone holte die geforderte Summe aus dem Koffer und nahm den Zettel entgegen. Wood steckte das Geld ein, klemmte den Bleistift zurück hinter sein Ohr, klatschte in die Hände und rief dann laut in ein Mikrophon, das auf dem Tisch installiert war: »Vorhang auf, Peggy!«

Fast zeitgleich erschienen hinter dem Schaufenster ein nackter Junge, den Stone auf etwa sechzehn Jahre schätzte, und ein nacktes blondes Mädchen, das weitaus jünger zu sein schien. Die Kleine zitterte am ganzen Körper, ihre Lippen waren mit Blutresten verkrustet. Beide sahen wie dressierte Äffchen ausdruckslos geradeaus. Keiner der beiden schien zu wissen, dass auf der anderen Seite des Schaufensters jemand zusah. Stone dachte wieder an den Verhörraum und registrierte, dass es sich auch hier wohl um präpariertes Glas handelte, das auf der einen Seite ein Spiegel war.

Beide Kinder waren in einem miserablen Zustand, schmutzig und völlig entkräftet. Der Junge war so abgemagert, dass Stone sich wunderte, wie sich dieser überhaupt noch auf den Beinen halten konnte. Er hoffte, dass es sich bei dem Jungen um Tim Brown handelte. Sicher war er nicht, denn auf dem Foto, das Natascha ihm vorhin im Auto gezeigt hatte, war ein gesunder, sportlicher Teenager abgebildet gewesen.

Er hielt sich fest an dem Gedanken, dass diese beiden Kinder bald wieder zu Hause sein würden. Sie waren auf ihn angewiesen, er allein war ihre Hoffnung, aus dieser Hölle zu entkommen. Deshalb musste er sich jetzt auf seinen Job konzentrieren.

Neben den Kindern stand eine dürre Frau mit ungepflegten Haaren. Sie schien die beiden immer wieder anzuschreien und somit zu motivieren, brav nach vorn zu sehen und nicht das Bewusstsein zu verlieren. Stone konnte nicht verstehen, was sie schrie, dafür war das Glas des Schaufensters zu dick und der dahinterliegende Raum wahrscheinlich schallisoliert. Offensichtlich war jedoch, dass diese Frau aus freien Stücken handelte. Sie musste Woods Komplizin sein und hatte damit gerade ihr Todesurteil unterschrieben. In seinem Inneren spürte Stone unbändigen Hass aufsteigen und den Drang, diesen endlich zu entfesseln. Wie konnten Menschen so etwas tun? Cats Schilderungen waren eindeutig gewesen, aber jetzt begriff Stone mit jeder Faser seines Körpers, dass es sich um Missgeburten der Natur handelte, denen jegliches Mitgefühl fehlte. Das waren keine Menschen. Er würde die beiden töten, liquidieren, auslöschen, weil sie es nicht anders verdient hatten. Nie wieder würden diese beiden Kreaturen einem Kind etwas zuleide tun. Nie wieder!

»Und, Frost? Kommen wir ins Geschäft?«

»Ich nehme sie, alle beide.«

»Großartig!«

Wood erhob sich und steckte für einen Moment den Kopf durch die Tür, um seiner Komplizin ein Zeichen zu geben. Genau in diesem Moment griff Stone nach dem Messer in Woods Gürtel und zog es aus der Halterung. Mit voller Wucht trieb er es in dessen linkes Ohr. Bis zum Anschlag drang die Klinge knackend in den Kopf. Wie ein nasser Sack sank Wood vor der Tür zusammen, seine Augen waren weit aufgerissen – das Entsetzen im Tode erstarrt. Stone verlor keine Sekunde. Blitzschnell zog er das Messer aus dem Schädel des Toten, wischte die blutige Klinge an dessen Anzug ab und hievte den leblosen Körper bis zum Metalltisch. Dann öffnete er die Tür zum Nebenraum.

Schreie empfingen ihn, als er mit dem blutigen Messer eintrat. Hysterische Schreie dieser Frau, für die Stone ebenfalls kein Erbarmen kannte. Er blickte sich um, erkannte das Schaufenster, das von dieser Seite des Raumes tatsächlich ein Spiegel war. Die Schreie der Dürren wurden lauter und unmenschlicher, während sie wie eine Furie auf ihn zulief. Stone packte sie an den fettigen Haaren und durchtrennte ihr mit präzisem Schnitt die Kehle. Ihre Schreie verstummten, als sie in seinen Armen zusammenbrach. Stone zerrte die Leiche durch den Nebenraum und warf sie zu den sterblichen Überresten von Walther Wood.

Die Kinder! Wo hat sie die Kinder hingebracht?

Suchend schaute Stone sich um, entdeckte eine weitere Tür aus rostigem Eisen. Er warf sich dagegen, bis sie quietschend nachgab. Stone stockte der Atem, als ihm ein Geruchsmix aus Kotze und Urin entgegenschlug. Der Boden war mit schlammartigem Dreck bedeckt, an den Wänden hingen schwere Eisenketten. Stone vermutete, dass hier die Kinder gefangen halten wurden. Er war sich gewiss, dass die Hölle nicht hätte schlimmer sein können. Aber auch hier war niemand.

Wo hat sie die Kinder hingebracht?

Stone schloss die Tür zur Hölle und war sich im selben Moment sicher, ihr noch nicht entkommen zu sein.

Da war ein Gang. Weitere Türen. Er hörte ein Wimmern. Stone öffnete eine nach der anderen. Nichts. Das Wimmern wurde stärker. Die vorletzte Tür war verschlossen. Dahinter konnte Stone jetzt ein Schluchzen ausmachen. Mit aller Kraft warf er sich dagegen. Einmal. Zweimal.

Du musst dich konzentrieren!

Stone schloss für eine Sekunde die Augen, atmete tief durch. Dann hatte er sich wieder unter Kontrolle und registrierte, dass die Stahltür nach außen zu öffnen war. Mit purer Gewalt konnte er hier nichts ausrichten. Also rannte er zurück durch den Gang, weiter in den Raum mit dem Metalltisch, unter dem Woods Leiche lag. Daneben die der Dürren, in deren Taschen er nach einem Schlüssel suchte. Er fand ihn. Ein riesiges Schlüsselbund.

Hektisch steckte er einen nach dem anderen ins Schloss der Tür, hinter der das Schluchzen lauter wurde. Beruhigend sprach er auf die Kinder ein – wie er es von Monday gelernt hatte. Und dann schaffte er es, endlich diese verfluchte Tür zu öffnen.

Stone stockte ein weiteres Mal der Atem. Hier roch es nach billigem Parfum, beide Kinder hockten auf einem riesigen Bett.

»Lasst uns verschwinden!« In Stones Stimme lag tiefer Zorn, den er dringend mäßigen musste. Das Mädchen blickte ihn mit angstgeweitetem Blick an und verlor plötzlich das Bewusstsein. Stone hob den schmächtigen Körper behutsam auf und schaute zu dem Jungen.

»Kannst du laufen?«

Der Junge nickte und stand auf. Doch er schien kaum noch Kraft zu haben, machte mühsam einen Schritt vor den anderen. In Stone schrie alles danach, diesen Ort endlich zu verlassen.

»Ich werde dich jetzt anfassen.«

Der Junge schreckte zurück.

»Nein, nicht so! Wir müssen hier raus, deshalb werde ich dich tragen. Okay?«

Wieder nickte der Junge. Stone ging in die Hocke, griff nach den Beinen des Teenagers und schob sich dessen zitternden Leib über die Schulter. »Halte dich fest!« raunte er so sanft wie nur möglich. Als Stone die Finger des Jungen an seinem Rücken spürte, drückte er das immer noch bewusstlose Mädchen an sich, stand auf und lief Richtung Ausgang. Vorbei an den Leichen der Peiniger, hinauf ins Freie.

»Wer bist du?«, fragte der Junge, während sie die letzte Treppenstufe erreichten.

»Ich bin ein Stein, der alles ins Rollen bringt.«

KAPITEL 11

Stone verweilte auf der Krankenstation. Gemeinsam mit Natascha und Herbert hatte er die Kinder zur Jefferson-Mansion gebracht. Er wollte nicht von ihren Krankenbetten verschwinden, ehe Doktor Franks ihm nicht zu verstehen gegeben hatte, dass die beiden durchkommen würden. Währenddessen hatte Sandra Funk die Identitäten der Kinder klären lassen. Bei dem Jungen handelte es sich tatsächlich um den achtzehnjährigen Tim Brown, das Mädchen hieß Charlotte Miller und war gerade einmal zwölf.

Der Kleinen war die Zunge herausgeschnitten worden. Wie Tim war auch sie dehydriert und halb verhungert. Beide Kinder wurden mit Infusionen versorgt und über eine Magensonde ernährt. Charlotte hatte zwischenzeitlich das Bewusstsein wiedererlangt, schlief nun aber genau wie Tim.

Cat hatte sich ebenfalls auf der Krankenstation eingefunden und legte Stone jetzt eine Hand auf die Schulter. Die gute Nachricht sprach sich herum, dass es Stone gelungen war, den Fluch der erfolglosen Missionen zu durchbrechen. Ab und an lugte jemand in die Station und beglückwünschte Stone zu der erfolgreichen Rettungsmission. Einige traten an die

Betten der Kinder, um zu sehen, wie das Leben in ihre geschundenen Körper zurückkehrte.

Die zurückliegenden Niederlagen hatten die Organisation hart getroffen, doch nun war da der ersehnte Silberstreif am Horizont. Als Gizmo in der Krankenstation auftauchte, hatte er Tränen in den Augen. Zu viele tote Kinder hatte er in den vergangenen Wochen bergen und ihren Eltern übergeben müssen.

»Das wurde aber auch Zeit«, sprach Gizmo leise, während er sich das Nass aus den Augen wischte. Auch O'Neil ließ sich blicken. Niemand wusste besser als er, dass dieser Erfolg elementar wichtig war. Nach den Misserfolgen und den dargebrachten Opfern in Form von Bibbi Katchum, Janine Runnings und Alexandra Marx kam er zur rechten Zeit. In einem kurzen Gespräch mit Stone am Bett der Kinder brachte er dies deutlich zum Ausdruck. Der Name Rob Stone würde von nun an immer mit dieser glücklichen Wendung in Verbindung gebracht werden.

Stone war das egal. Ihn interessierte nur, dass die beiden Kinder lebten. Er und Cat saßen seit Stunden am Bett des Jungen, während Stone Tims Hand hielt. Doktor Franks trat an die beiden heran und Stone blickte fragend zu ihr auf.

»Sie werden beide durchkommen.«

Erleichtert atmete Stone tief ein. Cat lächelte.

»Wir haben die Eltern benachrichtigt, sie sind auf dem Weg hierher. Ich habe beiden Kindern ein Beruhigungsmittel gegeben. Ihr Zustand ist nicht mehr kritisch. Sie sind stabil und werden sich mit der nötigen Zeit erholen, zumindest körperlich.«

Stone blickte zufrieden, während Franks ihm freundschaftlich die Hand auf die Schulter legte.

»Ihr bleibt doch sicher noch einen Moment hier? Ich muss O'Neil Bericht erstatten.«

Cat nickte. »Ja, klar. Geh ruhig.«

Doktor Franks verschwand und Stone beobachtete weiter den Brustkorb des Jungen, wie dieser sich gleichmäßig hob und senkte. Noch einmal verinnerlichte er dieses Gefühl, die Gewissheit, dass die Kinder lebten. Er hoffte inständig, dass das, was die beiden durchmachen mussten, keine irreparablen Schäden hinterlassen hatte. Stone wehrte sich dagegen, darüber nachzudenken, was den beiden widerfahren war. Sobald er den Ansatz eines Gedankens zuließ, schnürte sich ihm die Kehle zu. Sein Zorn wuchs. Und mit ihm der Drang, weitere Kinder zu retten und ihre Peiniger in die Hölle zu schicken. Er wollte mehr. Jetzt und sofort! Am liebsten wäre er sofort aufgesprungen, um die nächste Mission zu starten. Bevor er allerdings damit beginnen konnte, seine Gedanken in die Tat umzusetzen, tauchte Sandra Funk auf. Sie lächelte, als sie auf die beiden schlafenden Kinder blickte. Ihr Lächeln hatte etwas Mütterliches an sich.

»Glückwunsch, Stone! Du hast das gemacht, was wir uns alle erhofft haben.«

»Habe ich das?«

»Oh ja. Das hast du und vielleicht hast du es sogar noch übertroffen.«

Dankbar nahm Stone die Worte entgegen. Sie taten ihm sichtlich gut. Sein angespannter Gesichtsausdruck nahm kurzzeitig weiche Züge an.

»Ich habe gehört, dass ihr die Farm durchsucht habt?«

Aus Sandras Stimme wich plötzlich jegliche Freundlichkeit, als sie antwortete: »Wir haben wirklich alles auf den Kopf stellen lassen. Außer zwei Kinderleichen im Schweinestall haben wir nichts gefunden. Keine Papiere. Keine Datenträger. Einfach nichts. Sie scheinen ihre schmutzigen Internetgeschäfte nicht von dort aus betrieben zu haben. Nichts Schriftliches. Die Spur endet auf der Farm.«

Stone griff geistesgegenwärtig in die Hosentasche. »Das ist nicht ganz richtig.«

Er holte den Zettel hervor, auf dem Walther Wood die Notiz hinterlassen hatte, und gab ihn an Sandra Funk weiter. »Kannst du die Adresse mal checken?«

»Das mache ich sofort. Danke, Stone. Du bist großartig.«

Als Sandra verschwand, öffnete Tim die Augen.

»Hey, da ist jemand wach geworden.« Cat streichelte dem Jungen liebevoll über die Wange und erhob sich. »Dann lass ich euch mal allein. Bis später, Babe.«

Tims Augen wanderten ängstlich durch den Raum. Er schien nicht zu wissen, wo er sich befand.

»Du bist in Sicherheit. Deine Eltern sind auf dem Weg hierher.«

Stone sah Erleichterung in den Augen des Jungen, die plötzlich in Unsicherheit umschlug. »Mum darf mich so nicht sehen!« Die Stimme des Jungen klang kraftlos.

»Glaube mir, deine Mutter wird glücklich sein.«

Tims Mundwinkel bewegten sich zögerlich nach oben.

»Hey, Tim! Schön, dass es dir besser geht.«

Doktor Franks war zurückgekehrt und lächelte den Jungen zufrieden an.

»Ich habe nicht mehr daran geglaubt, dass uns jemand rettet. Ich habe sogar gehofft, dass sie mich endlich töten, damit es vorbei ist.« Im Blick des Jungen lag so viel Schmerz, dass Stone Mühe hatte, sich zu beherrschen. Der Hass auf diese Bastarde schwelte in ihm, während er sich eine Träne aus dem Auge wischte.

»Jetzt bist du bei uns und in Sicherheit. Diejenigen, die dafür verantwortlich sind, leben nicht mehr. Von ihnen geht nicht länger Gefahr aus.« Doktor Franks versuchte, mit Sanftmut in ihrer Stimme die richtigen Worte zu finden. Stone erstarrte, als hätte er einen Geistesblitz. Mit einem Ruck sprang er vom Stuhl.

»Pass mir gut auf die beiden auf, Doc!«

Fluchtartig verließ er die Krankenstation, verzichtete auf den Fahrstuhl und hastete die Treppen nach oben. Er musste Gizmo finden.

Und Stone fand ihn. Der Hüne saß mit einem Glas Whiskey am Tresen der Bar, und er war nicht allein. Neben ihm hatte Herb Platz genommen, unweit davon saßen Cat und Natascha.

»Dann komme ich ja genau richtig.«, stieß Stone in die Runde.

»Wofür?«, fragte Gizmo, leerte sein Glas und bestellte bei Thomas dem Barkeeper einen weiteren Whiskey.

»Dass ihr euch nicht besauft.«

149

Gizmo verdrehte die Augen. »Hör mal! Heute gibt es was zu feiern.«

»Nein, Gizmo. Erst haben wir noch einen Job zu erledigen.«

Stone hatte noch nicht ganz den Satz beendet, da nahm er sein Smartphone zur Hand und wählte die Nummer von Sandra Funk, die sofort das Gespräch entgegennahm. Die anderen sahen irritiert zu ihm hinüber und lauschten aufmerksam dem Telefonat.

»Hey, Sandra. Hast du schon was herausgefunden? Okay. Könntest du mir die Daten rüberschicken? Warum? Erzähle ich dir später.«

Stone beendete das Gespräch und blickte in die fragenden Gesichter vor ihm. Nur Cat schien sofort zu wissen, was er vorhatte.

»Eine unautorisierte Aktion?«

Stone nickte entschlossen. Cat kannte diesen Ausdruck in seinen Augen. Es war dieser typische Stone-Blick. Dieser Blick, der sagte: *Die Entscheidung ist gefallen und niemand kann mich davon abbringen.*

Ein Signalton ertönte auf seinem Handy. Sandra hatte ihm die Koordinaten geschickt.

»Wenn wir auf die Autorisierung warten, riskieren wir Menschenleben. Ich habe das Gefühl, dass unsere Glückssträhne noch nicht vorbei ist. Heute

Nacht können wir mehr tun, als uns sinnlos zu besaufen, Freunde!«

»Dann sollten wir den Van nehmen«, brummte Herb und signalisierte Stone auf seine Weise, dass er auf ihn zählen könne.

»Aber danach wird gefeiert!«, mischte sich Gizmo verärgert ein und schob das volle Whiskeyglas zum Barkeeper zurück.

Natascha erhob sich und knallte die flache Hand auf den Tresen. »Ich autorisiere das.«

»Na, dann los!«, rief Stone, knallte seine rechte Faust in die offene Handfläche seiner Linken und gab somit das Signal zum Aufbruch.

KAPITEL 12

Herb schaltete die Scheinwerfer aus und ließ den Van bis zu einer Verladerampe rollen, wo er ihn zum Stehen brachte. Gebannt sahen alle nach draußen. Das Gelände schien verlassen. Das Rolltor hinter der Rampe war geschlossen.

»Was war hier noch mal gleich?«, fragte Stone an Natascha gerichtet. Die wischte mit dem Zeigefinger über ihr iPad und antwortete: »Ein stillgelegter Umschlagplatz für Zoo und Heimtiere.«

Das Gelände lag recht abgelegen in einem Industriegebiet, gleich hinter einem Schrottplatz. Mitten in der Nacht war hier keine Menschenseele zu erwarten. Ein idealer Ort, um abgelegen etwas zu tun, von dem niemand wissen durfte.

»Du bleibst im Wagen!« Gizmo klopfte Herb auf die Schulter. Die anderen stiegen aus und sahen sich um.

»Soll ich mal klopfen?« feixte der Hüne, bevor seine Gesichtszüge wieder hart wurden und er die Außenwand der Lagerhalle scannte. Stone stieß zu ihm und suchte ebenfalls nach einem Weg ins Innere.

»Vielleicht solltest du beten. Ich meine, es kann sicher nicht schaden.«

Irritiert blickte Stone zu Gizmo. Scherzte er etwa? Doch der Hüne schien es völlig ernst zu meinen.

»Ich glaube nicht an die Existenz eines Teufels und an die eines Gottes schon gar nicht. Das ist doch nur eine Erfindung, um keine Verantwortung übernehmen zu müssen.«

»An deiner Stelle wäre ich mir nicht so sicher«, flüsterte Gizmo und schaute zu Cat. Sie hatte seitlich der Halle eine Tür gefunden und war zum Van gelaufen, um sich nach passendem Werkzeug umzusehen. Schnell hatte sie ein Brecheisen entdeckt und ging damit zurück. Als sie das Eisen ansetzte, kamen die anderen dazu und beobachteten, wie sie die Tür mühelos aufbrach. Gleichzeitig brach ein ohrenbetäubender Lärm los.

»Das kann nur das Rolltor sein«, rief Gizmo und rannte sofort zurück Richtung Laderampe. Cat, Natascha und Stone waren bereits durch die Tür ins Innere der Lagerhalle gelangt. Durch das offene Rolltor konnten sie sehen, wie jemand flüchtete, doch Herb war ausgestiegen und stellte sich dem Typen in den Weg. Dieser zückte ein Messer und stach auf Herbert Aspen ein. Gizmo packte den Kerl von hinten am Kopf und brach ihm mit einem lauten Knacken das Genick. Voller Zorn schleuderte er den nun leblosen Körper gegen die Wand. Das Messer steckte Aspen noch in der Schulter.

»Schön drinlassen, Herb, und nicht bewegen!« Der Hüne wandte sich von Aspen ab und ging durch das offene Tor ins Innere der Halle. Die drei anderen waren ihm bereits entgegengekommen.

»Ihm geht es gut«, beruhigte er die Herannahenden. Herb hatte mitgehört und rief: »Na ja, gutgehen ist irgendwie anders, Gizmo.«

Natascha schob die Augenbrauen hoch, doch der Hüne versuchte, sie sofort zu beruhigen: »Glaube mir, er wird nicht sterben. Jedenfalls nicht heute.«

»Ich gehe zu ihm. Seht ihr nach, was sich da drinnen noch befindet.«

Gizmo nickte. Der vordere Bereich der Halle war leergeräumt. Nur ein alter Pick Up stand herum. Der Boden war zerkratzt und mit tiefen Riefen übersät. Der hintere Bereich war mit einem Gitter abgetrennt, in dessen Mitte eine Tür eingelassen war. Cat machte sich auf den Weg, um auch dieses Schloss zu knacken, aber die Tür war nicht verschlossen. Sie trat hindurch, Stone und Natascha folgten ihr und sahen an den Wänden der Halle links und rechts unzählige verrostete Käfige aufgetürmt. Stone leuchtete den Fund mit einer Taschenlampe ab und erstarrte. Was er anfänglich für Rost gehalten hatte, war eine

Mischung aus Blut und etwas anderem. Mit dieser Erkenntnis stach ihm beißender Gestank in die Nase und er hielt instinktiv die Luft an. Die Käfige waren groß. Größer als die für Hunde oder andere Tiere. So groß, dass man hätte meinen können, in einem Gefängnistrakt zu stehen. Stone leuchtete direkt in einen der Käfige.

»Oh Gott, bitte nicht!«, hörte er Cats erschrockene Stimme. Hektisch versuchte sie, die Tür des Käfigs zu öffnen. Zwei Mädchen lagen leblos auf dem dreckigen Boden. Gizmo schob einen schweren Riegel beiseite, sprang ins Innere des Käfigs, beugte sich über die Körper und prüfte den Puls der Mädchen.

»Verdammt!« schrie er voller Zorn. »Wir kommen zu spät. Sie sind beide tot.«

»Warum müssen diese verfluchten Drecksäcke die Kinder jedes Mal töten, wenn wir auftauchen?« In Cats Stimme lag eine Mischung aus Trauer und Wut.

Gizmo legte die Hand tröstend auf ihre Schulter. »Weil sie nicht wollen, dass ihre Taten ans Licht kommen. Sie wollen nicht, dass eines der Kinder erzählt, was für Monster tatsächlich in diesen Menschenkörpern stecken.«

Für einen Moment standen alle drei still da und starrten auf die Kinderleichen. Gizmo war der Erste, der sich regte. »Ich gehe dann mal Säcke holen.«

»Wir sind zu spät!«, sagte Stone tonlos, als würde er ein Selbstgespräch führen.

»Ja, aber vielleicht sind da noch mehr. Rob, es war nicht umsonst!«, erwiderte Cat und schaute sich suchend um.

»Den Schweinehund können wir nicht mehr fragen. Vielleicht hätten wir ihn zum Schluss töten sollen.«

»Ich hoffe, das war keine Kritik!«, hallte Gizmos Stimme durch die Halle.

Stone wandte seinen Blick von den toten Mädchen ab und leuchtete weiter die Lagerhalle ab. Er entdeckte eine Art Büro und ein Lächeln huschte über sein Gesicht, als er einen eingeschalteten Laptop auf dem Schreibtisch entdeckte.

Vielleicht können wir ihn ja doch noch fragen.

Er klemmte sich das Gerät unter den Arm und kehrte zurück zu den anderen. Währenddessen legten Cat und Gizmo die toten Mädchen behutsam in Leichensäcke und brachten sie zum Van. Stone zeigte Natascha den Laptop, die daraufhin zufrieden ihre Lippen spitzte.

»Ich bin gespannt, was wir da drauf alles finden.«

Herb lag immer noch vor dem Wagen und schien große Schmerzen zu haben. Nachdem die Leichensäcke im Kofferraum verstaut waren, beugte sich Gizmo über ihn und rief zu Stone: »Hey! Kannst du bitte mal mit anpacken? Der fährt uns heute nirgendwo mehr hin. Komm, wir schaffen ihn auf die Rückbank!«

Stone packte Herb an den Beinen, Gizmo griff unter den Oberkörper. Als sie ihn hochhoben, schrie Aspen vor Schmerz. Vorsichtig hievten sie ihn in den Fonds des Vans. Cat setzte sich zu ihm und stützte seinen Körper, in dem immer noch das Messer steckte. Natascha nahm ebenfalls hinten Platz und sah sich den Laptop genauer an. Stone wollte sich gerade zur Fahrerseite begeben, als Gizmo rief: »Hey, ich fahre!«

»Warum?«

»Ich vertraue doch keinem ortsunkundigen Ausländer mein Leben an.«

Stone stieg auf der Beifahrerseite ein. Sein rechter Mundwinkel zuckte. Für mehr hatte er momentan einfach nicht genug Humor.

Kaum hatte Gizmo den Motor gestartet, wetterte er drauflos: »Brillante Idee, Stone!«

»Was?«

»Hättest du mich doch einfach nur meinen Whiskey trinken lassen. Hättest du es doch einfach dabei belassen, dass deine Rettungsaktion erfolgreich war. Dann hätten wir alle heute in der Mansion was zu feiern gehabt … endlich mal was zu feiern. Gute Nachrichten hätten wir gehabt. Nur gute! Aber nein, du konntest ja den Hals nicht vollkriegen und schon haben wir zwei Kinderleichen. Super!«

Stone überlegte, ob er etwas erwidern sollte. Er war sich so sicher gewesen, dass sie Erfolg haben würden. Hatte ihn sein Instinkt verlassen? Warum musste Gizmo jetzt auch noch Salz in die Wunde streuen? Stone hatte beim Boxen gelernt, dass man einem Gegner, der bereits am Boden lag, nicht noch zusetzte. Sollte das nicht auch für Kollegen, Verbündete oder Freunde gelten? Resigniert sah er aus dem Fenster, dabei streifte sein Blick den Außenspiegel.

»Verdammt, halt an!«

Als Gizmo die Ausfahrt des Hofes passierte, hatte Stone auf der Laderampe etwas gesehen. Es war klein, grau und bewegte sich nicht. Es stand nur da wie erstarrt. Auch Cat und Natascha schauten jetzt nach hinten. Selbst Herb hatte all seine Kraft zusammengenommen und sich aufgerichtet.

»Ein Kind!«, sprach Cat ganz leise, als wenn sie Angst hatte, sie könnte es wie ein scheues Reh vertreiben. Auf die Entfernung sah die Gestalt kaum menschlich aus – eher wie ein Alien. Der Kopf war kahlgeschoren und die Augen wirkten viel zu groß für den kleinen Schädel. Natascha stieg aus und näherte sich dem Kind. Gebannt sahen die anderen zu.

»Hab keine Angst. Wir sind gekommen, um dich zu retten. Du bist jetzt in Sicherheit.«

Natascha breitete die Arme aus, aber das nackte Mädchen rannte los. Stone hatte eine Decke aus dem Van geholt und hielt sie gerade rechtzeitig in perfekter Höhe, dass die Kleine geradewegs hineinlief. Sanft bedeckte er die Schultern des Mädchens und wickelte den bebenden Körper in die Decke. Natascha eilte auf sie zu. Wie eine Mutter trug sie die Kleine zum Wagen und nahm mit ihr im hinteren Teil des Vans Platz. Stone setzte sich wieder auf den Beifahrersitz und Gizmo startete ein weiteres Mal den Motor. Als er losfuhr und in den Rückspiegel sah, verflog der Zorn aus seinem Gesicht. Sie hatten ein gerettetes Kind an Bord. Die Mission war erfolgreich gewesen.

»Ich bin Natascha«, hörte Stone von der Rückbank.

»Hast du auch einen Namen?«

»Vivian.«

Die Stimme klang heiser. Alle Mitglieder der ansonsten knallharten Crew waren gleichzeitig berührt, als das kleine Mädchen antwortete.

»Wie alt bist du, Vivian?«, fragte Natascha in sanftem Tonfall weiter.

»Ich bin neun.«

Wie ein Säugling, der sich an seine Mutter klammert, hielt sich Vivian an Natascha fest. Mit offenen Augen und starr vor Angst schaute die Kleine in die Gesichter der anderen.

Vor allem Natascha war darin geschult, mit traumatisierten Kindern zu kommunizieren, um sie vom Schrecken des Erlebten abzulenken. Das war wichtig. Nicht selten kam es vor, dass die Kinder nach ihrer Rettung in einen Schockzustand fielen, der sowohl physisch als auch psychisch gravierende Folgen haben konnte. Eine geeignete Form der Ablenkung war es, die Anwesenden wie Comic-Helden vorzustellen. Das suggerierte Sicherheit und Stärke.

»Das ist übrigens Cat. Mit ihr legt man sich besser nicht an. Sie ist fünffache Boxmeisterin.«

»Du hast schöne Haare«, flüsterte Vivian. »Ich hoffe, dass ich auch bald wieder schöne Haare habe.«

Cat beugte sich zu ihr und streichelte über den kahlgeschorenen Kopf der Kleinen. »Das wirst du ganz bestimmt.«

Das Mädchen lächelte zögerlich. Natascha warf Stone einen erleichterten Blick zu. Er hatte sich zum Fonds des Vans gedreht und war wie alle anderen tief berührt davon, wie tapfer und gefasst das Mädchen wirkte. Nicht nur Natascha hatte Tränen in den Augen. Zärtlich streichelte sie Vivian über die Wange und fuhr mit ihrer Vorstellungsrunde fort.

»Das ist Herbert. Er ist so etwas wie der Roadrunner.«

»Wie in der Zeichentrickserie?«

Natascha musste schmunzeln und Herbert lachte unter Schmerzen auf.

»Fast. Unser Herb ist ein Rennfahrer.«

Die Kleine machte große Augen und schaute dann zu Gizmo. »Und wer ist der da? Wenn er grün wäre, könnte er Hulk sein.«

Alle lachten. Die Stimmung war auf absurde Weise ausgelassen. »Das ist Gizmo«, erklärte Natascha weiter. »Solange er bei uns ist, kann dir nichts passieren. Der sieht nicht nur aus wie Hulk, er hat auch seine Kräfte. Und das da ist Rob Stone. Er ist so mutig und stark wie Wolverine. Weißt du, wen ich meine?«

Vivian nickte und starrte mit großen Augen zu Stone, als wäre er tatsächlich ein Superheld. Natascha lehnte sich zurück und zog die Kleine sanft mit sich, sodass Vivian nun in ihren Armen liegen konnte. »Du kannst dich also ruhig bei uns ausruhen, wir passen auf dich auf.«

»Kann er auch meine Schwester Pichu retten?«

»Deine Schwester Pichu?«

»Meine Schwester hat mich in einem Fass versteckt. Die bösen Männer dachten, ich wäre abgehauen und suchten mich. Zum Glück haben sie mich nicht gefunden.«

»Was ist mit Pichu passiert?«

»Abends kam ein Lastwagen. Alle Kinder wurden aufgeladen und weggebracht. Alle, außer die Zwillinge.«

Die Blicke der Anwesenden kreuzten sich.

»Wolverine, Hulk, könnt ihr meine Schwester retten?«

Gizmo richtete seinen Blick durch den Rückspiegel nach hinten. »Dafür sind wir da, Schätzchen.«

Ein Lächeln huschte über Vivians Gesicht, dann schloss sie erschöpft die Augen.

Stille kehrte ein. Niemand traute sich, etwas zu sagen. Vivian sollte nicht gestört werden. Doch plötzlich zischte Gizmo an Stone gerichtet: »Bei einem Gebet hättest du dir keinen abgebrochen.«

»Dein Ernst?«

Stone sah ungläubig zu ihm hinüber.

»Mein voller Ernst. Wir diskutieren das zu Hause bei einem Glas Whiskey aus.«

Stones Lippen machten den Ansatz eines Grinsens, doch verschwand es sofort wieder aus seinem Gesicht. Der Begriff *Zuhause* weckte Erinnerungen. Er dachte an seine Ex-Frau Sabine und daran, dass er sich in ihrer Nähe schon lange nicht mehr zu Hause gefühlt hatte. Er begriff, dass dieses Zuhause kein bestimmter Ort war, der aufgrund seiner geographischen Lage dieses Gefühl der Zugehörigkeit vermittelte. Es war vielmehr ein Ort, der aufgrund von Menschen zur Heimat wurde. Eine Zuflucht, eine Oase, eine Festung oder ein Ort der Liebe. Ihm wurde bewusst, dass die Jefferson-Mansion sein Zuhause geworden war. Die Menschen dort hatten es dazu gemacht. Nun huschte doch wieder dieses Lächeln auf seine Lippen, in das sich Cat verliebt hatte. Jenes Lächeln, das alle Härte aus seinem Gesicht vertrieb, das die harte Schale für einen Moment aufplatzen ließ und den weichen Kern offenbarte.

KAPITEL 13

Wieder war Stone auf der Krankenstation gewesen. Und wieder hatte er eine Überlebende gebracht. Kein Grund zum Feiern, wie er fand, aber ein Grund zur Hoffnung. Nachdem er Vivian dorthin gebracht und Doktor Franks ihr ein leichtes Beruhigungsmittel verabreicht hatte, gönnte sich auch Stone ein paar Stunden Ruhe.

Cat schlief noch, als er aufstand und zurück zur Krankenstation ging. Tim Brown hatte man von der Notaufnahme in ein Krankenzimmer verlegt. Er schlief. Der Teenager erholte sich gut und war in einem erfreulich stabilen Zustand. Er musste nicht mehr länger über die Magensonde ernährt werden und in wenigen Stunden würde seine Mutter hier eintreffen. Stone erkundigte sich nach der kleinen Vivian. Sie war wach und hatte bereits Mario Cannavaro einige Fragen beantwortet. Stone lächelte, als er an ihr Krankenbett trat.

»Hey, Vivian, du bist ja ein Frühaufsteher.«

Sie lachte. Es war ein kurzes aber erfrischendes Lachen.

»Mommy und Daddy haben immer geschimpft, wenn wir sie sonntags zu früh wachgemacht haben.

164

Ich und …« Ihr Lächeln verblasste, als sich die großen Augen des Mädchens auf Stone richteten. »Rettest du jetzt mit Hulk meine Schwester?«

»Das ist unser Job. Wir wollen alle Kinder retten, auch Pichu.«

Stone kratzte sich unbewusst am Kinn, wie er es immer tat, wenn er nachdachte. »Warum eigentlich dieser Name?«

»Pichu, wie das Pokémon. Ihr Lieblingspokémon.«

»Pokémon?«

Vivian schaute ungläubig zu Mario, der Stone väterlich auf die Schulter klopfte: »Du solltest das mal in einer ruhigen Minute googeln.«

»Das mach ich, aber vorher muss ich mit dir reden.«

»Klar.«

Stone packte Mario am Arm und zog ihn ein Stück vom Krankenbett weg, damit Vivian nicht hören konnte, was die beiden sagten. Fragend blickte Mario ihn an. »Was gibt es?«

»Hast du neue Informationen?«

»Noch nicht viel. Ich habe alles Sandra weitergegeben, die sämtliche Fakten über den Rechner in Langley laufen lässt.«

Stones Miene verdunkelte sich, was sie immer tat, wenn er mit Ergebnissen nicht zufrieden war.

»Sag mir doch einfach, was du weißt!«

Mario Cannavaro spürte, dass sein Gegenüber ungehaltener wurde.

»Okay, pass auf! Vivian March, neun Jahre alt. Ihre Schwester, Karen March, sechzehn Jahre alt, wurde mit vier anderen Kindern, alles Mädchen zwischen zehn und sechzehn Jahren, mit einem LKW abtransportiert, kurz bevor ihr aufgekreuzt seid. Vivian wurde von ihrer Schwester Karen in einem Fass versteckt. Lässt du mich jetzt mit Sandra telefonieren?«

»Natürlich!«

»Warum hängst du dich da überhaupt so rein?«

»Weil ich Angefangenes zu Ende bringe.« Stones Stimme klang dabei noch kraftvoller als sonst. Keine Frage, er würde die Kidnapper und Schlepper töten, wenn er sie zu fassen bekam. Das war sein Job, vielleicht sogar seine Berufung.

»Sobald ich etwas weiß, lass ich es dich wissen«, erwiderte Mario. Die Entschlossenheit im Blick des Deutschen trieb ihn zur Eile an. Stone dankte ihm und wollte gerade ebenfalls die Station verlassen, als er plötzlich eine Stimme hörte.

»Bringst du mir bei, wie man diese Schweine tötet?«

Stone drehte sich um. Tim Brown stand vor ihm. Der Teenager hatte sein Krankenzimmer verlassen. Stone war sich nicht sicher, was er davon halten sollte.

»Hey, Tim. Schön, zu sehen, dass es dir besser geht.«

Der Junge machte zwei Schritte auf ihn zu und Stone umarmte ihn väterlich. Tim löste sich von ihm und wirkte plötzlich nicht mehr wie ein Teenager, als er sagte: »Das war mein Ernst. Zeigst du mir das?«

Stone atmete tief ein und ließ die Luft mit einem Seufzen wieder entweichen. Es klang wie ein Seufzen, das ein Vater ausstößt, bevor er seinem Sohn erklärt, dass der erste Herzschmerz nicht ewig bleibt.

»Du brauchst Ruhe, bist durcheinander.«

»Mir geht es gut. Ich brauche keine Ruhe.«

»Glaube mir, es gibt Situationen im Leben, in denen kann man selbst nicht mehr einschätzen, was gut und schlecht für einen ist.«

Tim ließ sich davon nicht beeindrucken.

»Ich will etwas zurückgeben!«

»Was denn, dein Leben?«

»Wenn es sein muss!« Tim verschränkte die Arme wie ein trotziges Kind.

»Tim, du hast uns schon so viel gegeben. Du lebst, mein Junge. Sorge dafür, dass es so bleibt.«

»Tim!«, rief plötzlich eine Frau, die in Begleitung von Veronika Steele aus dem Fahrstuhl trat. Aufgeregt wiederholte sie den Namen ihres Sohnes. Die beiden umarmten sich, während Ms. Brown in Tränen ausbrach.

»Ich hatte befürchtet, dich niemals wiederzusehen. Oh Gott, ich bin so dankbar.« Tränen flossen über ihre geröteten Wangen. Tim versuchte, seine Mutter zu beruhigen, indem er immer wieder sagte, dass es ihm gut ginge. »Mum, das ist Rob Stone. Er hat mich da rausgeholt.«

Tims Mutter ließ von ihrem Sohn ab, um unter neuen Tränen nun Stone um den Hals zu fallen.

»Ich danke Ihnen … ich bin Ihnen zutiefst … ich werde Ihnen mein Leben lang dankbar sein!«

Stone schnürte es vor Ergriffenheit fast die Kehle zu. Er schluckte, um den Kloß im Hals loszuwerden, rang nach den passenden Worten: »Ma'am … das brauchen Sie nicht. Das hätte jeder an meiner Stelle getan, jeder, der in der Lage dazu gewesen wäre.«

Vehement schüttelte Ms. Brown den Kopf, sie schien nicht einverstanden zu sein. »Mr. Stone! Wenn es so wäre, dann hätte jemand verhindert, dass meinem Sohn so etwas Schreckliches widerfährt. Wir

Menschen sind doch alle nur noch mit uns selbst beschäftigt und schauen weg. Niemand hat mehr den Blick für den anderen. Wir passen doch alle nicht mehr aufeinander auf. Selbst die Polizei ist überfordert!«

»Ms. Brown, genau deswegen gibt es uns.«

Er verabschiedete sich und drückte Tim väterlich an seine Brust, der jetzt fragte: »Kann ich dich hier besuchen?«

Stone freute sich über die Dankbarkeit der Mutter und auch über den Umstand, dass Tim ihn wiedersehen wollte. Aber das ging nicht. Im Grunde war es schon grob fahrlässig, Fremde einzuweihen, selbst wenn sie die Organisation wohl nie verraten würden. Aber sie handelten illegal und mussten im Geheimen agieren. Doch Stone hasste Abschiede und noch vielmehr hasste er es, diesem Jungen gleich wieder etwas zu nehmen. Deshalb hoffte er auf die sanfte Diplomatie einer Frau.

»Lass dir von Doktor Franks meine Nummer geben.«

»Das mache ich.« Tim strahlte und ging mit seiner Mutter zurück zur Krankenstation. Stone winkte ihm und hoffte, dass der Junge den Schrecken verarbeiten und irgendwann ein normales Leben führen konnte.

Dann fuhr er mit dem Aufzug ins Erdgeschoss. Er hatte noch nichts gegessen und wollte sich in der Mensa etwas zum Frühstück holen. Als er an der Essensausgabe stand, sah er in der hinteren Reihe am Fenster Gizmo sitzen. Stone ließ sich großzügig Rührei, Bacon und Pancakes auftun, begutachtete zufrieden die Portion auf seinem Teller und setzte sich zu Gizmo. Die Mensa erinnerte an ein Diner. Die Sitzbänke waren mit rotem Kunstleder überzogen, der Boden im typischen schwarz-weißen Karomuster gehalten.

Gizmo schaufelte gerade jede Menge Rührei in sich hinein und blickte nur kurz auf. Stone schob seinen Teller über den Tisch und ließ sich auf die gegenüberliegende Bank fallen: »Dass ich dich mal hier und nicht an der Bar treffen würde?«

Gizmo schluckte den Bissen hinunter und antwortete mit gewohnt ruhiger Stimme, bevor er wieder nachlud: »Die Bar hat so früh noch nicht geöffnet.«

Stone grinste und machte sich dann ebenfalls über sein Frühstück her. Ein weiteres Mal war er beeindruckt über die Qualität des Essens, welches hier rund um die Uhr angeboten wurde. Jefferson sorgte dafür, dass es niemandem in der Organisation an etwas mangelte. Stone erinnerte sich daran, dass

Tatjana Monday mal sagte, das Essen wäre nur deshalb so gut, weil es jederzeit eine Henkersmahlzeit sein konnte. Jeder Auftrag könnte tatsächlich der letzte sein. Die Bastarde da draußen würden wie in die Enge getriebene Ratten ihr Leben verteidigen. Und ihre Beute. Keine Gefangenen, sondern ein Kampf um Leben und Tod. Stone wollte Leben retten. Um jeden Preis. Er würde bis zum Tod kämpfen.

Gizmo wischte sich mit einer Serviette den Mund ab und fragte: »Warst du heute schon bei der kleinen Vivian?«

Stone nickte.

»… und?«

»Sie will, dass wir ihre Schwester retten.«

Gizmo vergrub sein Gesicht in den Händen und rieb sich seufzend die Augen. »Und das werden wir«, brummte er schließlich.

»Aber wie?« Stone stellte die Fragen aller Fragen.

»Mit Glück und Vitamin B.«

»Bitte was?« Stone starrte Gizmo fragend an. Er verstand kein Wort.

»Mit Beziehungen. Natascha wertet gerade den Laptop aus. Sobald sie etwas hat, schickt sie mir alle wichtigen Informationen aufs Handy.«

»Und Glück?«

»Tja … wir müssen erst mal hoffen, dass auf dem Laptop so etwas wie Kundendaten sind. Das meine ich mit Glück. Und dann werden wir jedem einzelnen einen Besuch abstatten und hoffen, dass Vivians Schwester dabei und vor allem am Leben ist.«

Stone hörte aufmerksam zu und faltete die Hände, als würde er beten. Gizmo grinste.

»Hast es dir doch zu Herzen genommen?«

»Was?«

»Na, du betest doch!«

»Ich bete?« Erschrocken riss Stone die Hände wieder auseinander und aß weiter.

»Hey, es ist okay, wenn du das tust.«

Stone stopfte sich einen Pancake in den Mund. Er war köstlich. Kauend blickte er zu Gizmo und schüttelte den Kopf. »Du willst mir doch nicht weismachen, dass du betest?«

»Robby, jetzt verletzt du aber meine Gefühle. Warum sollte ich nicht beten?«

Stone stopfte schweigend den zweiten Pancake nach.

»Weil ich Tattoos habe? Weil ich nicht so aussehe wie du dir betende Menschen vorstellst oder weil ich Menschen töte?«

Gizmos blaue Augen schienen zu leuchten, als er eindringlich sprach und dabei Stone mit seinen

Blicken fixierte. Beide schwiegen für einen Moment, bis Gizmo den Monolog wieder aufnahm. »Ich will dir jetzt keine Predigt halten, aber verdammt noch mal ja, ich bete! Vor jedem verfickten Einsatz knie ich mich vor mein Bett und bete zum Allmächtigen, dass er uns die Kinder lebend finden und nach Hause bringen lässt. Ja, ich bete!«

Stone schluckte.

»Okay. Du betest. Wenn es dir hilft ... okay.«

»Oh ja, es hilft.«

Wieder schwiegen sie sich für einen Moment an. Schließlich wollte Stone das Gespräch zurück auf das ursprüngliche Thema lenken. Fakten waren ihm allemal lieber als Spiritualität. »Was meinst du, wie lange es dauert, bis Natascha den Laptop ausgewertet hat?«

»Ich hoffe, nicht allzu lang, denn Zeit ist unser stärkster Feind.«

»Wie meinst du das?«

»Der Faktor Zeit ist unser größtes Problem. Die meisten entführten Kinder sind für den Weitertransport vorgesehen. Sie verlassen das Land innerhalb weniger Stunden. Danach verliert sich die Spur und wir haben keinen Zugriff mehr. Zumindest ist das bei den Händlern so. Zum anderen gibt es Perverse aller Art, die Kinder für ihre eigenen

Zwecke missbrauchen. Die bleiben zwar im Land, sind aber meistens weitaus brutaler. Länger als drei Tage überleben diese Kinder in der Regel nicht. Du glaubst nicht, wozu diese Schweine fähig sind. Dass Tim so lange am Leben gelassen wurde, ist eher die Ausnahme. Vermutlich hat dieser Wood nicht schnell genug einen Käufer gefunden oder aber er fühlte sich zu sicher. Vielleicht beides. Nie im Leben hat dieser Wichser damit gerechnet, dass du aufkreuzt und ihm das Lebenslicht auspustest.«

Bevor Stone darauf antworten konnte, vibrierte plötzlich Gizmos Handy. Er holte es aus der Brusttasche seines schwarz-rot karierten Hemdes und las die eingegangene Nachricht.

»Wenn man vom Teufel spricht. Los, Rob, holen wir uns die Freigabe!«

KAPITEL 14

Ganze zwei Tage vergingen, bis alle Fakten zusammengetragen waren, die Vorbereitungen abgeschlossen und Gizmo die endgültige Freigabe erhielt. Die Auswertung des Laptops ergab, dass es sich bei dem Kerl, der Herb niedergestochen hatte, um den dreiunddreißigjährigen Billy Powers handelte. Dieser hatte zwei Komplizen, denen Stone gemeinsam mit Gizmo in den zurückliegenden achtundvierzig Stunden einen Besuch abstattete. Der eine, Adam Francescoli, hatte an der Wand seiner heruntergekommenen Bleibe ein Samurai-Schwert hängen. Gizmo wollte testen, ob es sich um ein echtes handelte und war sichtlich zufrieden gewesen, dass es wie Butter in den Körper des brüllenden Bastards glitt. Den anderen musste Stone mangels Waffe totprügeln. Der Typ hatte nicht einmal Besteck in der Küche gehabt, nur verschimmelte Plastikschalen diverser Fastfood-Restaurants. Dabei sah Danny Hopper aus wie jemand, der in einer Bank arbeitete. Akkurat geschnittene Haare, mit Gel zum Seitenscheitel nach rechts gelegt. Dieser gelackte Kerl hatte tatsächlich versucht, mit Redseligkeit sein Leben zu retten. Da er nicht einordnen konnte, wer

Gizmo und Stone waren, und vor allem warum sie ihn aufsuchten, rechtfertigte und entschuldigte er sich und versprach, alles wiedergutzumachen. Was auch immer! Er schien eine Menge Dreck am Stecken zu haben und hatte offensichtlich gleich mehrere Leute um viel Geld betrogen.

Erst, als Stone fragte: »Kannst du tote Kinder wieder lebendig machen?«, wusste der Typ, warum die beiden bei ihm waren und dass er sterben würde. Er hörte endlich auf zu labern, als Stone ihm beide Schneidezähne ausschlug. Der nächste Treffer riss dem Blonden förmlich die komplette Oberlippe aus dem Gesicht. Beim dritten Schlag brach sein Genick.

»Auge um Auge, Zahn um Zahn«, hatte Stone mit Genugtuung gesagt und Gizmo hatte hinzugefügt: »Exodus, Kapitel 21, Vers 23-25.«

»Was zum Henker …?«

Gizmo winkte ab. »Vergiss es, Stone. Aus dir wird nie ein ehrenwerter Christ.«

Da hatte er wohl recht. Stone vertraute nicht auf Gott, sondern nur auf sich selbst.

Beide hatten in den zurückliegenden vierundzwanzig Stunden keine Langeweile und doch fanden sie die Zeit, in der Krankenstation nach ihren Schützlingen oder verwundeten Kollegen zu sehen. Janine

Runnings lag immer noch im künstlichen Koma. Ihr Zustand hatte sich zwischenzeitlich verschlechtert. Hatte man bereits vor Tagen damit gerechnet, dass sie wieder das Bewusstsein erlangen würde, so revidierte Doktor Franks nun täglich diese Erwartungshaltung. Während dieses Besuches auf der Station standen Gizmo und Stone lange am Bett ihrer Kollegin. Gizmo schien sehr ergriffen.

»Was haben die ihr nur angetan?« Die Stimme des Hünen klang zerbrechlich. Doktor Franks wischte Runnings mit einem Waschlappen den Schweiß von der Stirn, als sie antwortete: »Sie wurde vergiftet.«

»Vergiftet?«, fragte Gizmo entsetzt.

»Ja. Wir haben beim Screening Quecksilber gefunden und daher umgehend Antidot injiziert.«

»Antidot?«

»Ein universelles Gegengift. Ich hoffe, dass es nicht zu spät ist. Bei der hohen Dosis, die ihr verabreicht wurde, hätten sofort Gegenmaßnahmen eingeleitet werden müssen. Aber wir sind Ärzte, keine Hellseher. Der Plan der Entführer geht hoffentlich nicht auf.«

»Was für ein Plan?«, schaltete sich Stone ein.

Sanft strich Doktor Franks über Janines Wange, als sie fortfuhr: »Wir haben uns primär auf die inneren Verletzungen konzentriert, die wir auch gut behandeln konnten. Die Quecksilbervergiftung konnte hingegen erst nach Stunden diagnostiziert werden, als die Ergebnisse aus dem Labor kamen. Die Bande wollte, dass sie uns unter den Händen wegstirbt.«

Gizmo legte vorsichtig die Hand auf Runnings Kopf. »Du stirbst uns nicht unter den Händen weg! Hörst du, Janine? Du bist ein Mitglied der *Vanessa*-Crew, du wirst gebraucht! Wir bekommen raus, wer diese Typen sind, und werden alle töten!«

Nach solch schlechten Nachrichten waren Gizmo und Stone natürlich erfreut, als sie hörten, dass sich ihre Schützlinge Vivian und Charlotte auf dem Weg der Besserung befanden. Die Mädchen erholten sich gut und kamen langsam zu Kräften. Mit Vivians Eltern wurde vereinbart, dass sie so lange in der Mansion blieben, bis sie Gewissheit über den Verbleib der verschleppten Karen hätten. Noch bestand schließlich die Hoffnung, dass Vivians Schwester lebend gefunden wurde.

Die Nacht hatte Stone allein verbracht. Cat wurde gemeinsam mit Natascha Gramow und Veronika Steele nach Monterrey entsendet. Einen Tag später wurden sogar Sabrina Smith, Louise und Yvonne Pence hinterhergehschickt. Sie hatten Informationen aus dem Laptop ziehen können, dass sich dort die Keimzelle eines Menschenhandel Rings befinden sollte. Der große Tross war plötzlich nötig, da man davon ausging, gleich mehrere Kinder retten zu können, die möglicherweise versorgt werden mussten, und natürlich Täter zu finden waren, die aus dem Weg geschafft werden sollten.

Der Laptop gab noch zwei weitere Kunden preis. Eine Firma in Kansas City und einen Araber aus Abu-Dhabi, der einmal im Jahr den Anker seiner Yacht vor Miami warf und es sich einige Wochen in Florida gutgehen ließ. Da beide Kunden am selben Tag beliefert wurden, entschieden sich Gizmo und Stone zunächst für das nähere Kansas City. Dafür war Stone wieder in die Rolle des Jack Frost geschlüpft und hatte so Zugang zu einer Veranstaltung erhalten, bei der vermutlich entführte Kinder und Jugendliche vorgeführt wurden. Trotz starker Schmerzen in der Schulter bestand Herbert Aspen darauf, die beiden nach Kansas City zu fahren. Claudia Kingsley war ihnen zugeteilt worden und sollte die drei begleiten.

Nach sieben Stunden Fahrt erreichten sie endlich ihr Ziel. Ein verlassenes Bürogebäude außerhalb der Stadt. Ein nie fertiggestellter Rohbau, nicht einmal Fenster hatte das Gebäude.

Stone stieg aus dem Wagen und starrte auf den trostlosen Betonklotz, dessen Fassade mit unzähligen Graffitis besprüht war. »Was für eine beschissene Pennerhöhle! Dass all diese Schweine ihre Orte nach dem gleichen Muster aussuchen, ist schon skurril, oder?«

Claudia Kingsley lugte an Stone vorbei und stimmte ihm zu. »Ja, irgendwie gruselig.«

Gizmo mischte sich nun auch ein: »Das macht die Sache einfacher für uns. In dieser gottverlassenen Gegend gibt es wenigstens keine Zeugen.«

Herbert Aspen nickte. »Dann zeigt es den Schweinen!«

»Gut, dass Natascha nicht da ist. Die würde uns jetzt gleich wieder einen Vortrag über die Unschuld des Tierreiches halten.«

Gizmo feixte und hielt Herb den ausgestreckten Daumen hin. »Bis bald, Mann. Pass diesmal besser auf dich auf und bleib im Wagen!«

Herb nickte und schaute Stone, Gizmo und Kingsley nach, wie sie sich auf das dunkle Gebäude zubewegten.

Als die drei näherkamen, sahen sie ein Licht. Eine Fackel stand in einem der Treppenhäuser und deutete stumm auf eine offene Tür im Erdgeschoss. Ein weiteres Licht schien im Stockwerk darunter, dem Keller. Sie folgten den Fackeln und liefen einen langgezogenen Gang entlang. Im Abstand von jeweils zehn Metern standen weitere Fackeln. Der Geruch des verbrennenden Öls übertünchte den allgegenwärtigen Uringestank. Schließlich standen sie vor einer massiven Eisentür, vor der ein muskulöser Glatzkopf im Anzug postiert war. Als er die Ankömmlinge sah, hob er sofort die Hand, wies mit dem Zeigefinger auf Claudia Kingsley und krächzte: »Tut mir leid, für Frauen kein Zutritt.«

Stone schüttelte den Kopf und blieb ruhig. »Das ist ein Missverständnis, Sir. Die haben wir nur dabei, um die Ware zu prüfen.«

Der Glatzkopf wollte etwas erwidern, kam aber nicht mehr dazu. Stone verpasste dem Türsteher einen harten rechten Haken, Kinsley trat den Kraftklotz mit einem gekonnten Sidekick zu Boden.

»Ist das dein erster Einsatz?«, fragte Stone beeindruckt.

»Oh ja. Ich musste lange auf diesen Moment warten.«

Gizmo packte den Türsteher und brach ihm lautlos das Genick. »Wenn es die Situation erlaubt, sorgen wir immer dafür, dass diese Typen niemals mehr aufstehen. Klar?«

»Klar.«

»Also gut, Claudia, ich gehe mit Gizmo jetzt hinein und du passt auf, dass hier keiner lebend rauskommt.«

Claudia nickte und ballte die Fäuste. Stone durchschritt mit Gizmo zusammen die Tür.

Keine zehn Minuten später kehrten sie zurück.

Claudia starrte ihre beiden Kollegen an, die aussahen wie zwei Wikinger nach erfolgreicher Schlacht.

»Was habt ihr getan?«

»Unseren Job. Von denen steht keiner mehr auf«, antwortete Gizmo gewohnt nüchtern.

»Aha!«, erwiderte Claudia mit einer Mischung aus Bewunderung und Ekel. »Herb wird ausflippen, wenn ihr so in seinen Wagen steigt.«

KAPITEL 15

Rot färbte sich das Wasser in der Duschwanne. Stone genoss das warme Nass und empfang tiefe Genugtuung, als er sich das Blut vom Körper wusch. Er hatte mal wieder für Gerechtigkeit gesorgt. Als wäre er in die Hölle hinabgestiegen und hätte die Verhältnisse geradegerückt. Enttäuschend war es natürlich, dass sie keines der verschleppten Kinder hatten finden, geschweige denn retten können. Auch nicht den Jungen. Die Erinnerung an seinen misshandelten Körper auf dem Metalltisch hinterließ einen bitteren Beigeschmack.

Vielleicht war es Stone deshalb möglich gewesen, endlich das umzusetzen, was ihm Tatjana Monday immer wieder eingetrichtert hatte. Seine Emotionen bündeln und seinen Zorn in Kraft umwandeln. Er war förmlich explodiert, als er mit der Kettensäge all die Bastarde enthauptet hatte. Und er fühlte sich im Recht. Dieser Abschaum hatte nichts anderes als den Tod verdient. Stone konnte nicht begreifen, was diese Leute dazu trieb, sich an Kindern zu vergreifen. An hilflosen Wesen, die Schutz benötigten, die ein Recht darauf hatten, frei von Qual aufzuwachsen. Wie sollten die Überlebenden jemals wieder ein normales Leben führen? Wie konnten die geretteten Kinder jemals wieder Vertrauen zu einem Erwachsenen entwickeln? Die Unbeschwertheit, jenes Privileg der Kindheit, war ihnen genommen worden. Wie sollten diese jungen Seelen groß und stark werden?

Auch wenn wir ihnen das Leben retten, sind sie im Grunde längst tot, dachte Stone resigniert. Es war nur gerecht, dass ihre Peiniger in der Hölle schmorten. Stone stellte das Wasser ab, stieg aus der Dusche und griff nach einem Handtuch. Er dachte an den Jungen und den Moment, als dieses viel zu kurze Leben erstarrte. Der Junge schien im letzten Augenblick voller Glück zu sein. Er war froh gewesen, dass es endete. Stone war sich sicher, dass er diesen Gesichtsausdruck niemals vergessen würde. Er würde jeden töten, der daran beteiligt war, Kindern Leid zuzufügen.

Sein Smartphone vibrierte. Cat hatte ihm eine Nachricht geschickt. *Kisses* … Mehr nicht. Stone liebte diese kurzen Textnachrichten, denn sie erinnerten ihn an seine erste Begegnung mit der einsilbigen Cat. Von Anfang an hatte sie ihn beeindruckt. Er erinnerte sich dran, wie sein erstes Gefühl ihm sagte, dass da eine ehrliche Haut vor ihm stand und diese Frau genau das war, was er vermisst hatte. In seinem Leben fehlte es an Menschen, denen er vertrauen konnte und die es ehrlich mit ihm meinten. Bis er auf Cat traf und schließlich bei Jefferson anheuerte. Jene Menschen, die er in der Mansion kennenlernte, waren anders. Von Grund auf anders. Sie hatten nicht ihre eigenen Interessen oder Vorteile im Sinn, sie alle waren das genaue Gegenteil von dem, was er bisher kannte. Sie riskierten ihr Leben für andere.

Während Stone sich abtrocknete, frische Klamotten anzog und die blutbesudelten in einen Müllsack stopfte, empfand er tiefe Dankbarkeit dafür, dass Cat ihn hierhergebracht hatte. Sie war der Auslöser, dass er zum ersten Mal etwas richtig machte. Etwas, das seinem Leben einen Sinn gab. Konnte es denn etwas Sinnvolleres geben, als Kinder aus den Fängen dieser Monster zu retten und zeitgleich die Welt für alle Menschen sicherer zu gestalten?

Stone kehrte in der Bar ein und traf auf Gizmo. Dieser hatte ein volles Whiskeyglas vor sich zu stehen und winkte ab. »Auf keinen Fall!«

»Ist schon gut. Du kannst deinen Whiskey austrinken.«

Beide lachten herzhaft, nur Mario Cannavaro verstand den Running Gag nicht. Er gähnte und verabschiedete sich von den beiden.

»Was willst du trinken, Stone?«, fragte der Barkeeper. Stone blickte auf Gizmos Glas und sagte: »Gibst du mir bitte auch so einen?«

Thomas Baker nickte und machte sich an die Arbeit. Aus einer Karaffe goss er Whiskey in ein Glas. Schließlich nahm er eine Keramikflasche und fügte nur einen Tropfen daraus hinzu. Irritiert blickte Stone zu Gizmo. »Was trinkst du da für ein Zeug?«

»Das ist Wasser aus einer irischen Quelle. O'Neils geheime Zutat.«

»Na, wenn du davon weißt, ist es doch nicht mehr geheim.« Gizmo legte den Zeigefinger auf die Lippen und signalisierte Stone, darüber zu schweigen.

»Okay! Schon gut. Aber nun sag schon: Warum das Wasser?«

»Trink, mein Freund! Trink den Whiskey wie in der guten alten Zeit mit einem Tropfen eisgekühlten Quellwasser.«

Thomas stellte das Glas vor Stone. Gizmo nahm sein eigenes zur Hand und prostete ihm zu. »Sláinte!«

Beide genossen den Geschmack des Whiskeys.

»Warum bist du hier?«, wollte Stone wissen.

»Weil es diesen Whiskey nur hier an dieser Bar gibt.«

Stone grinste und schüttelte gleichzeitig den Kopf. »Nein, wie bist du zu Jefferson gekommen?«

Gizmo nahm einen weiteren Schluck der bernsteinfarbenen Flüssigkeit und seufzte. Etwas schien ihm durch den Kopf zu gehen. Stone spürte, dass er scheinbar eine unangenehme Erinnerung geweckt hatte.

»Es tut mir leid. Du musst natürlich nicht …«

»Nein, schon gut. Kein Problem. Ich werde es dir erzählen. Also, wo fangen wir an? Ich bin bei einem Wanderzirkus aufgewachsen. Meine Mutter war Seiltänzerin. Bildhübsch und voller Anmut. Ich erinnere mich noch sehr genau, dass …«

»Was heißt, sie war? Was ist mit ihr passiert?«

Gizmo zog verärgert die Augenbrauen zusammen. »Willst du nun, dass ich dir meine Geschichte erzähle oder nicht?«

Stone nickte ihm wortlos zu und sah, dass sich in Gizmos Augen Tränen sammelten, während er weitererzählte.

»Mein Vater war der *Unglaubliche Stan.* Er hatte wahnsinnige Kraft. Niemand konnte ihn beim Armdrücken schlagen. Er war eine Attraktion im Zirkus. Er hob Gewichte, Menschen und sogar Autos. Zum Schluss seiner Show forderte er immer die stärksten Männer im Publikum auf, gegen ihn zu kämpfen. Er verlor kein einziges Mal.«

189

Gizmo stoppte und nahm einen tiefen Schluck Whiskey. Für einen Augenblick wirkte er in sich gekehrt, doch dann sprach er weiter: »Ich muss etwa zwölf Jahre alt gewesen sein, als ich einen Streit zwischen meinen Eltern hörte. Ich kann dir heute nicht mehr sagen, worüber sie sich stritten, aber es ging heftig zur Sache. Sie standen in der Manege, meine Mutter probte gerade. Ich hatte mich auf dem Podest der Band versteckt und bekam alles mit. Plötzlich packte mein Vater sie an den Haaren und brach ihr dabei das Genick. Wie eine Puppe wirbelte er ihren leblosen Körper durch die Luft, bis meine Mutter auf den Boden fiel. Eine gefühlte Ewigkeit war es still, dann schrie er um Hilfe.«

Eine einzelne Träne lief an Gizmos Wange hinunter. Er wischte sie weg und schüttelte heftig den Kopf. »Dieser Bastard hat jedem glaubhaft gemacht, dass sie beim Proben vom Seil gefallen war, und kam damit durch. Danach fing er an zu trinken und suchte sich ein neues Ventil, seine Aggressionen loszuwerden. Es gelang ihm nicht, mich totzuschlagen. Jeder seiner Übergriffe machte mich nur härter. Mit vierzehn begann ich, heimlich zu trainieren und nahm Unterricht in einem Boxstall. Ich wollte ihn töten. Ich wollte den Tod meiner Mutter rächen. Und dann kam der Tag, als ich mich im Publikum erhob, nachdem er die stärksten Männer wieder einmal aufgefordert hatte, sich mit ihm zu messen. Er lachte nur und zitierte mich in die Manege. Mein Vater hatte keine Ahnung, dass er diese Gabe der unglaublichen Kraft an mich weitervererbt hatte. Der Kampf dauerte nicht lang. Ich habe ihm seine Augäpfel tief ins Hirn gedrückt und diesem Bastard dann das Genick gebrochen. Zum Glück wollte der Zirkusdirektor kein Aufsehen. Mein Vater wurde mit einer Trage aus der Manege geholt und die Vorstellung ging einfach weiter. So war das im Zirkus, ist es wahrscheinlich heute noch. The Show must go on! Die Sache wurde als tragischer Unfall dargestellt, fertig. Ich wurde nicht behelligt. Wie auch? Ich war sechzehn. Niemand hätte die Wahrheit geglaubt.«

Gizmo leerte sein Glas und bestellte ein neues. »Ich übernahm die Nummer meines Vaters und stieg in seine Fußstapfen. Zwanzig Jahre später stand O'Neil in der Garderobe und machte mir das Angebot meines Lebens. Die beste Gelegenheit, mit der Vergangenheit endgültig abzuschließen.«

Ein Lächeln huschte plötzlich über sein Gesicht. Stone bemerkte es und war froh darüber.

»Bist du wirklich so stark?«, fragte er grinsend und positionierte seinen rechten Arm auf dem Tresen.

Gizmo lachte. »Du hast wohl Sehnsucht nach Doktor Franks?«

Bevor Stone darauf reagieren konnte, betrat Finbarr O'Neil die Bar. »Ihr könnt euch auf den Weg machen.«

»Wohin?«, wollte Gizmo wissen.

»Nach Miami. Wir wissen jetzt, wo die Yacht unseres arabischen Freundes liegt.«

Gizmo rümpfte die Nase und stieß mit der Faust gegen Stones Schulter. »Ich denke, diesmal wirst du fahren müssen.«

O'Neil schaute zum Tresen, wo die Keramikflasche mit seiner geheimen Zutat stand.

»Ihr werdet fliegen, Männer. Und nun los, bevor ihr mir noch den letzten guten Tropfen wegsauft!«

KAPITEL 16

Gizmo schob die Sonnenbrille ein Stück vom Nasenbein hinunter und blickte über die getönten Gläser. »Ich verstehe schon, warum der hier Urlaub macht.« Der Hüne genoss nicht nur die Sonne am wolkenlosen Himmel, die ihm im Gesicht brannte, sondern auch den Ausblick während der Fahrt zum Pier. Palmen säumten den Straßenrand und vor allem erwärmten leicht bekleidete Blondinen auf Rollerblades sein Herz.

Stone, Gizmo, Cannavaro und Kingsley waren am Tag zuvor mit Jeffersons Privatflieger von Chicago nach Miami geflogen. Dort waren sie bei einem Jugendfreund Jeffersons untergekommen und hatten in einer mondänen Villa die Nacht verbracht. Cannavaro nutzte seine Kontakte, telefonierte pausenlos oder starrte zumindest auf das Display seines Smartphones. Er ließ sich Satellitenbilder der Yacht schicken und hatte diese am Vorabend mit dem Team besprochen. Für den Erfolg der Mission war es wichtig zu wissen, wie viel Personal an Bord war, wo sich die Wachen und vor allem die Mädchen aufhielten.

Cannavaros Plan klang schlüssig. Über einen Kontaktmann hatte er sich ein Scharfschützengewehr beschafft. Die Yacht lag etwa achthundert Meter entfernt vor Anker. Am Pier befand sich ein Hotel. Cannavaro hatte bereits eingecheckt und wollte von dort aus alle Wachen ausschalten, die sich auf Deck befanden. Sobald sich die zu erwartende Unruhe an Bord entwickelte, würde der Zugriff erfolgen. Dazu sollten sich Stone, Gizmo und Kinsley Zugang zur Yacht verschaffen. Diesmal sollte Stone nicht in die Rolle des Jack Frost schlüpfen, sondern sich mit Gizmo als Komplizen des von ihnen getöteten Billy Powers ausgeben und den Wachleuten glaubhaft machen, dass Kinsley bei der Übergabe vor ein paar Tagen vergessen wurde. Auf diese Weise wollten die drei ohne großes Aufsehen bis zum Besitzer der Yacht vordringen, Nasser Habib ausschalten und die Mädchen retten. So der Plan.

Stone blickte aus dem Autofenster aufs Meer. Er dachte an Cat. Sie fehlte ihm und er sorgte sich ein wenig, weil ihre letzte Nachricht schon zwei Nächte zurücklag. Unbewusst sah er in den Rückspiegel und da Kinsley zufällig im gleichen Moment aufsah, trafen sich ihre Blicke. Sie schenkte ihm ein Lächeln, Stone erwiderte es. Kingsley war anders als Cat und doch eine sehr attraktive Frau. Ihre grünen Augen konnten einen Mann schon um den Verstand bringen. Ihre langen schwarzen Haare hatte sie zu einem Zopf geflochten. Ein wenig erinnerte sie Stone an Lara Croft. Wie viele Abenteuer hatte er mit der fiktiven Schönheit in unzähligen Videospielen erlebt?

Stone schaute wieder aufs Meer. Die Idee, mit Cat gemeinsam Urlaub zu machen, lag gefühlte Ewigkeiten zurück. Er hoffte, irgendwann mit ihr ans Meer zu fahren, am Strand zu liegen und wenigstens für ein paar Tage das Leben und ihre Zweisamkeit zu genießen. Doch jetzt musste er sich konzentrieren. Sie hatten eine Mission zu erfüllen, die wichtiger war als Palmen und Cocktails.

Wieder blickte er in den Rückspiegel. Kinsley trug einen Bademantel, darunter nur einen BH und Slip. Diese Aufmachung sollte die Illusion der *vergessenen Ware* glaubhafter machen. Cannavaro hatte bereits das Hotelzimmer bezogen und bereitete sich dort auf die Aktion vor. Außerdem hatte er ein Boot gechartert, das die drei zur Yacht bringen sollte.

»Da wären wir.«

Gizmo riss Stone aus seinen Überlegungen und parkte den Wagen am Pier. Als sie im Boot waren, stülpten sie Kinsley einen Sack über den Kopf und fesselten ihre Handgelenke mit einem Strick. Stone benutzte einen Knoten, der sich bei leichtem Druck von allein öffnen würde.

Die drei fuhren dem hinteren Teil der Yacht entgegen, wo es eine Badeplattform gab, über die man vom Wasser aus einsteigen konnte. Wie zu erwarten, stürmte ein Typ im schwarzen Anzug an Deck, als Gizmo das Boot vertäute.

»Was soll das?« brüllte der Typ von oben und fixierte Kinsleys halbnackten Körper.

»Billy Powers schickt uns. Wir haben das verlorene Schaf gefunden und wollen es Mr. Habib übergeben.«

Stone versuchte, so überzeugend wie möglich zu wirken. Plötzlich knackte es und eine verzerrte Stimme war zu hören. »Hank? Was ist da los?«

Der Typ griff in seine Jackettasche und holte ein Funkgerät hervor. »Hier ist Ware für Mr. Habib.«

Wieder war ein Knacken zu hören, dann Stille. Schließlich ertönte eine Antwort: »Bring sie zum Boss.«

Der Typ richtete nervös seine Krawatte. »Okay. Folgt mir!« Mit dem Zeigefinger tippte er auf Gizmos Brust. »Du bleibst hier!«

Gizmo riss sich zusammen, um die Aktion nicht zu gefährden. Stone wusste, dass er diesem Hank am liebsten den Finger gebrochen hätte. Gern auch einiges mehr.

Der Typ ging voran, Stone packte Kinsley an den Armen und schob sie vor sich her ins Innere der Yacht. Er war beeindruckt von so viel Luxus und Eleganz auf kleinstem Raum. Die Wände bestanden aus edlem Holz und alles, was aus Metall war, glänzte wie Gold. Da waren Gemälde, Skulpturen, eine gemütliche Lounge mit Bar, Kristallgläser, kostbare Teppiche und riesige blankpolierte Fenster, durch die das Meer in der Sonne glitzerte. Alles roch nach Geld, Urlaub, Vergnügen.

Kinsley stolperte, als sie eine schmale Treppe hinabliefen, die unter Deck führte. Hier war es dunkler, aber nicht weniger pompös. Vor einer Holztür stand ein glatzköpfiger Asiate, der am Hals tätowiert war.

»Eine Lieferung von Billy Powers«, sagte Hank und verschwand. Der Asiate klopfte an die Tür und steckte seinen Kopf hindurch.

»Mr. Habib? Eine Lieferung von Mr. Powers.«

»Nur herein! Und dann möchte ich nicht mehr gestört werden.«

Der Asiate gab Stone mit einer Handbewegung zu verstehen, dass er eintreten soll. Dieser setzte sein Jack-Frost-Gesicht auf und schob Kinsley vor sich her in einen Raum, der wie aus *Tausend und einer Nacht* wirkte. Es roch nach Räucherstäbchen. Auf einem orientalischen Sofa saß ein arabisch aussehender Mann. Stone schätzte ihn auf Mitte vierzig. Er hatte einen gepflegten Vollbart und trug eine Sonnenbrille mit großen dunklen Gläsern. In seiner weißen Leinenhose und dem ebenso weißen Hemd wirkte er wie ein Tourist, der nichts Böses im Sinn hat, außer vielleicht ein paar Luxushuren zu ordern. Doch der Schein trügte. Habib zog sich den Reißverschluss seiner Hose zu und drückte das junge Mädchen, das nackt vor ihm kniete, unsanft beiseite. »Du bist nicht Powers! Wo ist Billy?«

In Habibs Stimme klang Misstrauen. Stone versuchte, dem sofort entgegenzuwirken. »Billy schickt mich, das verschwundene Mädchen zu übergeben. Er wäre gern selbst gekommen, doch hat er sich übel den Hals verrenkt und kann sich nicht bewegen.«

Das war nicht mal komplett gelogen. Habib erhob sich und gab dem nackten Mädchen einen Tritt, weil es scheinbar nicht schnell genug beiseite gekrochen war. Eine kleine Geste, die viel über diesen Mann aussagte.

»Manchmal brauchen diese Dinger etwas Zeit, bis sie begreifen, was ihre Aufgabe ist. Wenn sie erwachsen geworden sind, geben sie sich ihrem Schicksal hin und nehmen ihren Platz ein. Dafür werden sie reichlich entlohnt, erhalten prunkvolle Kleider und alles, was ihre schönen Körper verdient haben.«

Er ging näher an Kinsley heran, schnupperte an ihr wie ein Wolf, der Witterung aufnahm.

»Jungfrau?«

Stone nickte und der Araber registrierte diese Reaktion mit einem wohlwollenden Lächeln. Mit der rechten Hand griff er nach dem Stoffsack und riss diesen von ihrem Kopf. Erstaunt blickte er in das Gesicht der Vierundzwanzigjährigen.

»Wirklich?«

Kinsley blickte ihm tief in die Augen und erwiderte lässig: »Mal ehrlich, sehe ich aus, als wäre ich noch Jungfrau?«

Habibs Augen wurden dunkel. Er öffnete den Mund, als wollte er nach Hilfe rufen, als Claudia den Knoten ihrer Fesseln löste und mit voller Wucht gegen seinen Kehlkopf schlug. Der Araber rang nach Luft, stolperte rückwärts, bis er mit dem Hinterkopf gegen die marmorne Platte eines Beistelltisches schlug. Blut lief ihm aus der Nase und tropfte auf sein blütenweißes Hemd. Sein sonnengebräuntes Gesicht wurde fahl. Stone erkannte Angst, konnte sie förmlich riechen, als Kinsley zum finalen Tritt ausholte.

Die Tür öffnete sich. Kinsley hielt mit erhobenem Bein inne und sah aus wie eine Primaballerina.

»Was ist passiert?«, fragte der Asiate und starrte entsetzt auf Kinsley, dann auf seinen blutbespritzten Boss, der unter ihr immer noch nach Luft rang.

Stone verschränkte die Arme, legte dabei eine Hand ans Kinn und konstatierte wie Columbo: »Ich denke, das, was ich mitgebracht habe, ist so heiß, dass ihm die Luft weggeblieben ist.«

Der Asiate zog die Augenbrauen zusammen und griff nach seiner Waffe. Stone reagierte blitzschnell und schlug mit der Faust gegen den Unterarm. Aus der Waffe löste sich ein Schuss, bevor diese durch die Luft segelte und auf den Boden krachte. Der Asiate brüllte etwas Unverständliches und begann sofort, Stone mit Schlägen und heftigen Tritten einzudecken. Dieser ging überrascht zu Boden.

Kinsley hatte sich in der Zwischenzeit ihres Bademantels entledigt, um mehr Bewegungsfreiheit zu haben. Sie tippte dem Asiaten auf den Rücken, der sich zu ihr umdrehte und wie von einem Automatismus angetrieben auf ihre prallen Brüste glotzte, die formvollendet aus ihrem BH ragten. Kinsley nutzte die kurzeitige Kopflosigkeit des

Mannes, sprang in die Luft und traf mit voller Wucht seinen Schädel. Der Asiate zeigte eine unfreiwillige Pirouette und landete direkt in Stones Armen.

»Man sieht sich immer zweimal!«

Mit voller Wucht schlug er auf das Nasenbein des Asiaten, das knackend in dessen Gehirn gequetscht wurde. Blut quoll aus Mund, Nase und Ohren. Stone hievte den leblosen Körper von sich und maß den Puls. »Der steht nicht mehr auf.«

Kinsley wandte sich zu Habib, der sie mit angstgeweiteten Augen ansah, und holte nun zum finalen Tritt aus. Der Schädel des vermeintlichen Kalifen prallte ein weiteres Mal gegen die Marmorplatte des Beistelltisches und bedeckte diese Sekunden später mit allerlei Hirnmasse.

»Hol das Mädchen!«, rief sie zu Stone, der sich suchend umschaute. Die Kleine hockte hinter dem Sofa und hielt sich beide Hände vors Gesicht, das so kreidebleich war wie das ihrer Peiniger. Aber sie lebte!

»Hab keine Angst«, flüsterte Stone, der jetzt vor ihr kniete. »Wir sind hier, um dich zu retten. Wo sind die anderen Mädchen?«

Die Kleine zitterte, hielt die Hände immer noch vor ihr Gesicht gepresst und flüsterte: »Sie werden uns alle töten. Niemand von uns kommt hier lebend raus.«

»Das werden wir ja sehen!« In Kinsleys Stimme lag eine Menge Wut. Sie schnappte sich das Mädchen und zog es hinter sich her. Stone öffnete die Tür in dem Moment, als ein weiterer Bodyguard Habibs auftauchte. Ohne zu zögern, rammte Stone dem Kerl seine gefürchtete Rechte unters Kinn. Dann packte er mit beiden Händen den Kopf des Mannes und brach ihm das Genick. Kinsley eilte mit dem Mädchen die Treppen hinauf, Stone folgte ihnen.

An Deck wurden sie von gleißendem Sonnenlicht empfangen. Plötzlich näherte sich ein Schatten, Stone zwängte sich an Kinsley und dem Mädchen vorbei, holte aus und erkannte im letzten Augenblick, wer da vor ihnen stand.

»Hey! Pass doch auf!«, brüllte Gizmo mürrisch. Stone verdrehte die Augen und ging voran, als er ein Blitzen wahrnahm. Er reagierte zu spät. Hank drückte Kinsley ein Messer an die Kehle und knallte dem Mädchen seinen Ellenbogen ins Gesicht. Die Kleine fiel und kroch auf allen vieren zu Stone, der mit geballten Fäusten dastand.

»Schluss jetzt, sonst stirbt die Schlampe!«, zischte der Wachposten.

Gizmo und Stone hoben gleichzeitig die Hände, um Hank zu beruhigen.

»Ganz ruhig! Wir sind unbewaffnet.« Gizmos Stimme brummte wie die eines Bären. »Wir wollen nur die Mädchen. Rück sie raus und wir verschwinden.«

Hanks Blicke schossen wie die eines gehetzten Tieres von Gizmo zu Stone. Statt sich zu beruhigen, wurde er immer nervöser. Die Klinge des Messers glitt in Kinsleys Hals. Blut lief auf ihre Brüste. Plötzlich war da ein Schuss und Hanks Hinterkopf platzte auf wie eine reife Melone. Das Messer löste sich aus seiner Hand, Kinsley fing es auf und rammte die Klinge ihrem Angreifer mitten ins Herz, das bereits aufgehört hatte zu schlagen.

»Wurde aber auch Zeit, Alter!«, murmelte Gizmo.

»Findest du? War doch perfektes Timing«, antwortete Stone grinsend und duckte sich über das Mädchen. Weitere Schüsse fielen, die jetzt nicht mehr nur vom Hotel am Pier kamen. »Die Kinder!«, brüllte Stone und zog Kinsley in Deckung, die beide Hände gegen die Wunde an ihrem Hals presste, um die Blutung zu stoppen.

»Geht, ich komme schon klar«, sagte sie und lehnte sich gegen den Rumpf der Yacht. Stone und Gizmo teilten sich auf, während sich das gerettete Mädchen neben Kingsley kauerte. Stone sah sich auf dem Vorderdeck um und fand dabei noch zwei weitere tote Wachleute. *Mario hätte bei der CIA auch einen guten Scharfschützen abgegeben,* dachte er anerkennend und lief die Treppe zurück unter Deck.

Geistesgegenwärtig fiel ihm der Spitzname von Vivians Schwester ein und Stone rief diesen so laut er konnte: »Pichu! Pichu!« Immer wieder stieß er ihren Namen aus, fand eine zweite Treppe, die tiefer ins Innere der Yacht führte. Unten angekommen, erkannte er einen Flur im Zwielicht, von dem zahlreiche Türen abgingen. Eine von ihnen stand offen. Ein schmaler Lichtstreifen wies darauf hin, der nun von einem Schatten verdeckt wurde. Stone lief darauf zu und stürzte sich auf einen blonden Kerl, der mit einem Maschinengewehr gerade auf den Gang treten wollte. Blitzschnell packte Stone zu, griff nach der Waffe, deren Kolben er dem verdatterten Kerl mitten ins Gesicht rammte.

»Willst du tanzen, Blondie?«

Der Kerl lag mit blutender Nase am Boden und wollte sich gerade wieder aufrappeln, als sein Körper begann zu zappeln, während die Projektile im Dauerfeuer auf ihn einprasselten. Blut spritzte gegen die edlen Holzwände, färbte den kostbaren Teppich rot.

Stone schulterte das Maschinengewehr und lief weiter, öffnete jede Tür und durchsuchte die dahinter befindlichen Räume. Die meisten davon schienen Mannschaftsquartiere oder Vorratsräume zu sein. Stone schluckte, nachdem er die vorletzte Tür geöffnet hatte. In einem der Betten lag ein Mädchen, vielleicht acht Jahre alt. Es war mit Kabelbindern fixiert und in seinem Arm steckte eine Kanüle. Über dem Bett hing ein Tropf mit einer gelblichen Flüssigkeit, diese wanderte durch einen Schlauch über die Kanüle in die Vene des Mädchens. Die Kleine war kreidebleich, ihr Haar klebte auf dem einst hübschen Gesicht. Stone nahm ihre winzige Hand in die seine. Sie war kalt. Eiskalt! Stone wusste nicht, was diese Monster mit ihr angestellt hatten, doch eines war gewiss: Für dieses Mädchen kam seine Hilfe zu spät. Die Kleine war an ihrem Erbrochenen erstickt, wahrscheinlich schon vor Stunden.

Verbittert betrat er wieder den Flur und öffnete die letzte Tür. Inzwischen hoffte er, dass Gizmo mehr Glück hatte und wenigstens ein Kind lebend bergen konnte.

Aus dem Nichts drang plötzlich ein heftiger Schmerz in seine rechte Schulter. Er drehte sich um und sah in das Gesicht eines jungen Mannes. Unter

Schmerzen packte er mit beiden Händen den Kopf des Typen. Er wollte ihm zunächst das Genick brechen, doch spürte er gerade einen solch unglaublichen Hass, dass er an Gizmos Geschichte dachte, wie er seinem Vater die Augäpfel ins Hirn gedrückt hatte. Jetzt war wohl der beste Zeitpunkt, die Story seines Freundes zu prüfen, ob es tatsächlich möglich war, einem Mann die Augen ins Hirn zu pressen, oder ob Gizmo ihm nur einen Bären aufbinden wollte. Mit ganzer Kraft drückte Stone seine Handflächen gegen den Schädel des Mannes und zwängte beide Daumen in dessen Augäpfel. Der Typ schrie vor Schmerzen und Todesangst. Stone kannte keine Gnade. Tief drangen seine Daumen ein, bis die Augäpfel platzten. Er drückte weiter, versenkte beide Daumen in den blutigen Höhlen bis zum Anschlag. Der Körper des jungen Mannes zuckte und sackte dann zusammen. Mit einem schnellen Ruck brach Stone ihm das Genick und ließ den Toten angewidert fallen.

Mit der linken Hand zog er das Messer aus seiner Schulter und sah sich im Raum um. Ein weiteres Bett, ein weiteres Mädchen. Die gleichen Kabelbinder, dieselbe gelbliche Flüssigkeit. Stone eilte zum Tropf und durchschnitt den Infusionsschlauch. Jetzt war er dankbar, dass Tatjana Monday ihm in der Ausbildung gezeigt hatte, wie man Kanülen entfernte, ohne Schaden anzurichten.

»Mach dich darauf gefasst, dass du so etwas öfter sehen wirst«, hatte sie ihm gesagt. Er hätte darauf gefasst sein müssen, Kinder vorzufinden, die unter Drogen gesetzt wurden, um sie gefügig zu machen, und doch war es kaum möglich, auf so etwas vorbereitet zu sein. Der Brustkorb des Mädchens bewegte sich auf und ab. Erleichtert atmete er auf.

Sie ist am Leben.

Ihre Lippen wirkten blass und aufgeplatzt, und obwohl ihre Augen geöffnet waren, schien sie nichts zu registrieren.

Er schnitt die Kabelbinder durch und nahm das Mädchen in seine Arme.

»Lass uns von hier verschwinden.«

KAPITEL 17

Cannavaro rührte mit dem Finger in seinem Martini und versuchte, eine Fruchtfliege vor dem Ertrinken zu retten. Gizmo nippte an seinem Whiskey und Stone merkte nicht, dass er seine Bierflasche anstarrte. Es war still. Außer einem leisen Quietschen, das Barkeeper Thomas beim Polieren der Gläser verursachte, war nichts zu hören.

Die Gruppe um Cat war von ihrer Mexikorettungsmission noch nicht zurück. Für die Mehrzahl der *Vanessa*-Crew schien die Bar der einzige Ort und das beste Mittel zu sein, das Erlebte zu verarbeiten.

Tatsächlich hatten sie drei Mädchen lebend von der Yacht bergen können. Vivians Freude und die ihrer Eltern war grenzenlos gewesen, als schließlich klar war, dass es sich bei einem der geretteten Mädchen um Karen ›Pichu‹ March handelte. Alle drei Überlebenden waren in einem desolaten Zustand und mussten auf der Intensivstation behandelt werden. Doktor Franks hatte sofort eine Entgiftung eingeleitet. Die Identitäten der beiden jüngeren Mädchen waren noch nicht geklärt, doch Sandra Funk war bemüht, dies so schnell wie möglich in

Erfahrung zu bringen. Kinsley hatte durch die Schnittwunde am Hals viel Blut verloren und musste über Nacht auf der Krankenstation bleiben. Stone wusste, dass die Rettung der Kinder einen noch viel höheren Preis hätte haben können. Ein Quäntchen Glück gehörte wohl dazu. Die Truppe war merklich froh darüber, dass es Kingsley den Umständen entsprechend gut ging. Stones Gedanken jagten in seinem Kopf von einer Erinnerung zur nächsten. Einige Bilder hatten sich in seinem Gehirn festgebrannt. Er fragte sich, ob dies bis zum Ende seines Lebens so bleiben würde.

Wird es immer so sein, wenn ich an Cat denke, dass sich die düsteren Bilder durchsetzen?

Es waren so viele. Dieser Junge auf dem Metalltisch, der vor seinen Augen starb. Männer, die vor der Bühne saßen, mit ihren Schwänzen in den Händen und sich daran aufgeilten, wie der Junge zu Tode gequält wurde. Dieses kleine Mädchen auf der Yacht, das an ihrem Erbrochenen erstickt war. Ein riesiger Dildo zwischen den schmächtigen Beinen eines Kindes …

Nicht nur Stone war geistig abwesend, auch Cannavaro und Gizmo wirkten in sich gekehrt. Ein jeder von ihnen schien das Gewesene zu verarbeiten.

Immer wieder kam Stone an einen Punkt, an dem sich seine Gedanken wiederholten.

Wie ist so etwas möglich?

Er schüttelte den Kopf.

Wie können Menschen so etwas tun?

Er konnte es nicht begreifen. Sein Geist war nicht in der Lage, die abartigen Fantasien dieser Perversen nachzuvollziehen. Er sprach diesen Kreaturen das Menschsein ab. In seinen Augen hatten sie ihr Recht auf Leben verwirkt. Manchmal hatte er das Gefühl, dass er den Zorn in seinem Inneren spüren konnte, als wäre er mehr als nur eine Emotion, sondern ein Gift, das durch seine Adern gepumpt wurde. Stone erinnerte sich an ein Gespräch, das er mit Tatjana Monday während seiner Ausbildungszeit geführt hatte. »Du bist gerufen worden«, hatte sie ihm erklärt, doch Stone verstand es damals nicht. »Du bist gerufen worden, weil unser Job eine Berufung ist. Jeder von uns füllt diese Rolle mit seinem Leben aus, mit allem, was uns ausmacht.«

Doch erst jetzt war Stone in der Lage, zu begreifen, was seine Ausbilderin ihm nahezubringen versucht hatte. Ja, es war eine Berufung, *seine* Berufung. Denn er war gegenüber den Kindern eine Verpflichtung eingegangen, nicht eher zu ruhen, bevor die Welt von diesen Monstern befreit war oder er sein Leben verlor. Alle waren berufen!

Während er weiterhin seine Bierflasche anstarrte, erinnerte sich Stone an seinen ersten Abend in der Jefferson-Mansion. Wie heute hatte er damals an der Bar gesessen und Gizmo zugehört, der Cannavaro als einen Pessimisten bezeichnete, weil er angedeutet hatte, dass Vanessas Entführer in den eigenen Reihen zu finden war.

»Wer ist der Verräter?«, fragte er plötzlich.

Cannavaro kniff die Augen zusammen. Er verstand scheinbar nicht, was Stone von ihm wollte.

»Du hast mal gesagt, dass die Entführer einen Verbündeten in der Mansion haben müssen.«

Gizmo blickte kopfschüttelnd in sein Whiskeyglas. »Nicht schon wieder diese Geschichte!«

Nachdenklich nahm Cannavaro einen Schluck seines Martinis und stellte das Glas wieder ab. »Ja, das denke ich. Die offensichtlichen Feinde sind nie das Problem, denn sie werden dich niemals überraschen können. Die Feinde in den eigenen Reihen sind weitaus gefährlicher, denn sie wissen um deine Schwächen, kennen deine Reaktionen und erahnen deine Bewegungsprofile.«

Stone drehte die Bierflasche in seinen Händen, hielt sich das kühle Glas an die Stirn und trank endlich einen Schluck. »Wenn du Anhaltspunkte hättest, wärst du der Sache doch nachgegangen, oder?«

»Natürlich. Ich habe aber nur einen Verdacht, und der ist so unglaublich, dass selbst ich ihn nicht glauben kann, zudem gab es bisher nicht die geringsten Anhaltspunkte.«

Stone fixierte ihn. Jetzt war er neugierig geworden. Doch gerade, als er nachhaken wollte, betrat Tatjana Monday die Bar.

»Runnings ist dabei, endlich aufzuwachen. Doktor Franks meint, dass sie morgen im Laufe des Tages wieder bei Bewusstsein sein wird.«

Gizmos, Stones und Cannavaros Mienen erhellten sich gleichzeitig. Das waren gute Nachrichten. Sie stießen gemeinsam darauf an.

»Dann wird sie uns hoffentlich erzählen, was passiert ist, und kann Angaben zu den Entführern machen.«

Tatjana nahm einen Schluck aus Stones Bierflasche und stellte sie schließlich wieder kraftvoll auf den Bierdeckel, wobei sich der Bizeps ihres rechten Arms deutlich wölbte. »Ach, ihr wisst noch nicht, was Yvonne und Susen entdeckt haben?«

Die drei Männer starrten sie fragend an.

»Einen Fingerabdruck auf Janines Kreditkarte.«

»Von wem?«, wollte Cannavaro wissen.

»Von Svenja Lewinski.«

»Nicht dein Ernst!« Gizmo riss die Augen auf.

Stone runzelte die Stirn, so wie er es immer tat, wenn er nachdachte. »Wer war das gleich?«

»Vanessas und Nicoles Mathematik-Coach. Svenja hat beide bei ihrem Studium unterstützt«, half Gizmo ihm auf die Sprünge.

»Nicole?« Stone schien völlig auf dem Schlauch zu stehen. Gizmo verdrehte genervt die Augen. »Nicole Jefferson. Die Schwester von Vanessa. Du hast beim Boxen schon heftige Schläge abbekommen, oder?«

Stone ignorierte den dummen Spruch, denn seine Neugierde wuchs. »Woher habt ihr die Fingerabdrücke von Lewinski? Ich meine, wie konntet ihr sie zuordnen?«

Gizmo brummte ungehalten, als hätte Stone etwas furchtbar Dummes gefragt. »Deine Fingerabdrücke sind das Erste, was Jefferson von dir hat. Jeder, der draußen den Türknauf anfasst, gibt automatisch seine Signatur ab.«

»Wirklich?«

»Wirklich, wirklich! Dort ist ein Hightech-Scanner eingebaut, der alles erfasst, was sich ihm nähert. Jefferson hat seine ganz eigene Datenbank von allen Personen, die jemals die Mansion betreten haben.«

Monday schüttelte den Kopf. »Ich mag gar nicht darüber nachdenken, aber für unsere Sicherheit ist das wohl unentbehrlich.«

Cannavaro trank den Rest seines Wodka-Martini und hob den Zeigefinger, um noch einen zu bestellen. Dann gab er seinen Kommentar ab: »Doch viel interessanter ist doch die Antwort auf die Frage, wie auf Janines Kreditkarte der Fingerabdruck von Svenja gekommen ist.«

»Vielleicht sollten wir sie fragen«, antwortete Tatjana und bestellte ein Miller Beer.

»Was ist damals eigentlich passiert?«, warf Stone ein. Tatjana setzte sich neben ihn auf einen Barhocker und erinnerte sich. »Es ist inzwischen drei Jahre her.«

»Drei Jahre? Und Jefferson glaubt immer noch daran, dass seine Tochter lebt?« In Stones Stimme lag eine gewisse Skepsis. Tatjana nickte und nahm einen Schluck Bier.

»Sag mal, hast du überhaupt irgendwas von dem gelesen, was man dir auf der Fahrt hierher gegeben hat? Jeder von uns hat die *Vanessa*-Akte bekommen. Ich dachte immer, ihr Deutschen seid pingelige Bürokraten. Du scheinst da eine Ausnahme zu sein, oder?«, brummte Gizmo mehr zu sich selbst und Stone verstand endlich, warum er so ungehalten war.

Tatsächlich hatte er damals wenig Interesse an der Akte gezeigt und viel lieber Cat vertraut, die versprochen hatte, ihm alles zu erklären. Bisher war es dazu nur leider nicht gekommen. Also hörte Stone nun umso aufmerksamer seiner Ausbilderin Tatjana zu, die noch einen Schluck Bier nahm, Gizmo einen strafenden Blick zuwarf und zu erzählen begann: »Vanessa und Nicole waren auf dem Weg zu Svenja Lewinski. Als sie die Haustür fast erreicht hatten, hielt ein Van an der Straße und zwei vermummte Gestalten stürzten sich auf die beiden Mädchen. Svenja hatte dies zufällig durchs Fenster beobachtet, war nach draußen gestürmt und konnte so wenigstens Nicole befreien. Die Entführer entkamen mit Vanessa. Kurz darauf hat die Lewinski gekündigt.«

»Warum?«, wollte Stone wissen.

»Posttraumatische Störung«, wandte Cannavaro ein und Stone bemerkte eine gewisse Ironie im Unterton.

»Du nimmst ihr das nicht ab?«

»Er glaubt niemandem!«, mischte sich Gizmo ein.

Cannavaro schüttelte seufzend den Kopf. »Sie hat auf mich nie und nimmer zerbrechlich oder traumatisiert gewirkt.«

Die Truppe schwieg für einen Moment, als wenn jeder von ihnen das Ausgesprochene sacken lassen wollte.

»Wie geht es eigentlich ihrer Schwester«, fragte Stone, weil er die Stille nicht mehr ertrug.

Tatjana wischte sich mit der Hand über die Stirn und fuhr fort: »Nach dem Vorfall mit den Leichenteilen zog sie sich noch mehr zurück. Heute bin ich ihr das erste Mal seit langem in der Mensa begegnet. Sie hat sich nach Janines Zustand erkundigt und ich habe ihr gesagt, dass sie dabei ist, wieder zu sich zu kommen.«

»Was hat sie gefragt?«, rief plötzlich Cannavaro wie aus der Pistole geschossen.

»Sie wollte später auf die Intensivstation, um nach Janine zu sehen.«

Als Mario das hörte, erhob er sich so abrupt, dass der Barhocker krachend umfiel. »Wir müssen zu Janine!«

»Warum?«, fragte Monday ungläubig.

»Frag nicht, komm mit!«

Alle erhoben sich und folgten Cannavaro, der zügig die Bar verließ. Stone glaubte, seine Gedankengänge zu durchschauen. »Wie bist du darauf gekommen, dass es einen Verräter gibt?«, fragte er, als sie den Aufzug erreichten.

»Keine Ahnung«, erwiderte Cannavaro und knallte wie ein Irrer seinen Daumen auf den Knopf, der den Fahrstuhl holen sollte. »Nenn es Bauchgefühl. Ich hatte schon immer gewisse Vorahnungen.«

Tatjana und Gizmo begriffen nicht, worum es ging, oder vielleicht wollten sie den Gedanken auch nicht an sich heranlassen, dass es tatsächlich einen Verräter in ihren Reihen gab. Während der Fahrstuhl sich in Bewegung setzte, tippte Monday etwas in ihr Smartphone. Der Aufzug hielt im Kellergeschoss und öffnete seine Türen. Cannavaro zog seine Waffe und ging langsam und ohne nur ein Geräusch von sich zugeben auf den Flur. Die anderen folgten ihm so geräuschlos wie möglich, denn jeder von ihnen wusste, dass ihr Kollege kein Spinner war.

Die Intensivstation schien diesmal weiter weg zu sein als sonst. Der Flur zog sich auf magische Weise in die Länge und Stone kam es wie eine gefühlte Ewigkeit vor, bis sie schließlich die Station erreichten. Einer nach dem anderen schlüpfte lautlos durch die Tür und gemeinsam näherten sie sich von hinten einer Person, die vor Janine Runnings Bett stand. Alle erstarrten. Niemand konnte glauben, was dort gerade geschah. Nicole, Jeffersons Tochter, Vanessas Schwester, hielt eine Spritze in der Hand.

Die Nadel steckte bereits in Runnings Arm, doch der Kolben war noch nicht heruntergedrückt.

»Stopp, Nicole! Bewege dich auch nur einen Millimeter und ich werde dich erschießen.«

Ungeachtet dessen, was Cannavaro gerade gesagt hatte, drehte Nicole ihren Kopf zur Seite, bis sie sehen konnte, dass er tatsächlich eine Waffe auf sie gerichtet hatte. »Das wirst du nicht tun, Mario. Du bist doch eingestellt, um mich zu beschützen.« Ihre Stimme klang kalt und gleichgültig.

»Ich wurde eingestellt, um jedes Mitglied der *Vanessa*-Crew zu beschützen!« Cannavaro hob entschlossen seine Waffe und fixierte Nicole Jefferson, die wieder auf Janine hinabschaute, den Daumen fest am Kolben der Spritze. Die Zeit schien stillzustehen. Jeder im Raum starrte nun auf Nicole und ihren Daumen. Monday war die Erste, die sich bewegte. Sie machte einen Schritt nach vorn. »Auch wenn du sie jetzt tötest, wird früher oder später alles ans Licht kommen.«

»Nicole!« Eine tiefe Stimme war plötzlich vom Flur her zu hören. Es war die Stimme von Ted Jefferson, der sich zwischen Monday und Cannavaro schob und dabei die Waffe beiseite drückte, die auf seine Tochter gerichtet war.

»Was tust du da?« Seine Stimme war laut und doch klang tiefe Verunsicherung mit.

»Angefangenes zu Ende bringen!«

»Was hast du angefangen?«

»Mein Leben in Ordnung zu bringen.«

Jefferson ging ihr ein paar Schritte entgegen. In seiner Bewegung lag unbeholfene Panik.

»Dein Leben in Ordnung bringen? Du zerstörst es gerade. Um Gottes willen, leg die Spritze beiseite!«, beschwor Jefferson seine Tochter. Nicoles Hand rührte sich nicht. Sie bewegte sich überhaupt nicht. Ihren Rücken zu den Anwesenden gewandt, sprach sie kaum hörbar: »Hättest du dein beschissenes Vermögen auch für mich investiert?«

»Was meinst du?« Jefferson war sichtlich irritiert. Er schien seine Tochter nicht wiederzuerkennen.

»Wenn ich an Vanessas Stelle gewesen wäre, hättest du dann die Organisation *Nicole* gegründet und Millionen ausgegeben, um die Besten der Besten anzuheuern?«

Jefferson schlug die Hände über den Kopf.

»Was redest du da? Natürlich hätte ich das getan!«

Nicole drehte sich zur Seite und sah ihrem Vater tief in die Augen. »Warum nur kann ich dir das nicht glauben? Es ging dir doch immer nur um Vanessa.

Vanessa hier, Vanessa da. Ich bin doch in deinem Leben erst präsent, seit sie fort ist.«

Jetzt endlich regte sich etwas in diesem Mädchen, für dessen Verhalten niemand der Anwesenden Worte fand.

»Ich möchte, dass sie für immer verschwunden bleibt.« Nicole presste beide Hände vor das Gesicht, als erwarte sie, jeden Augenblick erschossen oder zumindest geschlagen zu werden. Jefferson machte einen Satz zu seiner Tochter, nahm sie in die Arme und drängte sie so vom Krankenbett und der Spritze weg. »Ich will dich nicht auch noch verlieren«, flüsterte er und drückte Nicole an sich, die daraufhin heftig zu weinen begann.

Cannavaro verstaute seine Waffe wieder im Holster und der Rest der Truppe atmete erleichtert auf. Doktor Franks betrat die Intensivstation und schaute verwirrt auf die nicht alltägliche Szene. »Ist was passiert?« Fragend blickte sie in die Runde, als sie die Spritze bemerkte. Sofort kontrollierte sie Runnings Werte auf dem Monitor und blickte zufrieden, als sie feststellte, dass alles in Ordnung war. In diesem Augenblick öffnete Janine ihre Augen. Keine Sekunde zu früh.

Franks lächelte. »Willkommen zurück!«

Gizmo schaltete am schnellsten und drehte sich zu seiner Kollegin. »Du hattest schon immer ein Händchen für perfektes Timing und spezielle Auftritte.«

Runnings blickte an dem Hünen vorbei. Sie konnte ihn scheinbar nicht sehen, erkannte ihn aber wohl an seiner Stimme, denn sie lächelte und in ihren Augen sammelten sich Tränen. Nun drehten sich alle zu Runnings und sahen, dass sie ihre Augen geöffnet hatte und erste Reaktionen zeigte. Nacheinander strichen sie freundschaftlich über ihren Arm, in dem nur noch eine winzige Einstichstelle davon zeugte, was soeben geschehen war.

Als Ted Jefferson an der Reihe war, streichelte er ihr über den Kopf. Es schien, als fiele eine große Last von seinen Schultern. »Du bist zu Hause, Runnings.«

Monday konnte ihre Tränen nicht zurückhalten und drückte ganz fest die Hand ihrer Kollegin. Die Erleichterung war allen anzumerken. Janine Runnings hatte dem Tod die kalte Schulter gezeigt. Die Entführer hatten ihr Ziel nicht erreicht, doch es war noch nicht vorbei. Cannavaro tippte Jefferson auf die Schulter. »Dürfte ich Ihrer Tochter ein paar Fragen stellen?«

»Natürlich. Gehen wir in mein Büro, damit sich Doktor Franks in Ruhe um Runnings kümmern kann.«

Nicole widersprach nicht und folgte ihrem Vater und Cannavaro. Gizmo, Stone und Monday schlossen sich an. Auf dem Weg zum Büro telefonierte Jefferson mit Finbarr O'Neil. Er bat diesen, sich ebenfalls im Büro einzufinden.

Stone war noch nie in den privaten Räumlichkeiten des Milliardärs gewesen und jetzt beeindruckt, als er Jeffersons Reich betrat. Das Arbeitszimmer des Erfinders war großzügig angelegt. Die eine Hälfte wirkte wie eine Bibliothek. Eine Vielzahl raumhoher Regale, die mit unzähligen Büchern befüllt waren. An der Stirnseite des Raumes befand sich eine große Vitrine. Hinter Glas waren Auszeichnungen, Urkunden und Gegenstände untergebracht, die wohl Erfindungen Jeffersons waren. Ihr gegenüber stand ein antiker Schreibtisch, auf ihm eine Büste von Abraham Lincoln. Seitlich davon war ein Kamin in die Wand eingelassen worden, davor stand auf einem Podest eine großzügige Sitzecke aus Leder. Jefferson signalisierte allen, dort Platz zu nehmen. Während sich die Anwesenden setzten, holte Jefferson aus einem antik aussehenden Schrank eine Flasche Whiskey und füllte diesen nun in Gläser, die auf einem Silbertablett standen. Schließlich brachte er dieses zu seinen Gästen und verteilte die Gläser.

»Es ist sicherlich überflüssig zu erwähnen, dass das, was wir hier besprechen, diese vier Wände nicht verlässt.«

Alle nickten und murmelten ihre Zustimmung. Die Bürotür öffnete sich. O'Neil betrat den Raum, setzte sich und nahm das letzte Whiskeyglas vom Tablett. Mit einer Handbewegung forderte er Cannavaro auf, mit der Befragung zu beginnen. Dieser nahm dankend an und war sichtlich bemüht, ruhig zu bleiben. »Nicole, was ist an dem Abend, als Vanessa entführt wurde, wirklich passiert?«

Die Zweiundzwanzigjährige war nicht in der Lage, auch nur irgendjemandem der Anwesenden in die Augen zu schauen. Sie senkte den Blick und starrte auf den Boden. Ihre Stimme klang kraftlos, als sie antwortete: »Das, was passiert ist.«

»Wusstest du, was an diesem Abend passieren würde?«, hakte Cannavaro nach.

»Ob ich es wusste?«

»Ja, ob du Kenntnisse darüber hattest.«

Alle starrten gebannt auf Jeffersons Tochter.

»Hätte ich keine Kenntnisse gehabt, wäre die Aktion nicht durchführbar gewesen.«

Ein Raunen ging durch den Raum.

»Was hast du getan?« Aus dem Hintergrund erklang eine Frauenstimme. Die Blicke der Anwesenden wandten sich ihr zu. Es war Jessica Jefferson, die sich im Rollstuhl der Gruppe näherte.

Nicole blickte auf und rief zu ihrer Mutter: »Wärst du auch so krank geworden, wenn ich an ihrer Stelle gewesen wäre?«

Cannavaro hob beschwichtigend die Hände. »Auch wenn es schwer ist, sollten wir fürs Erste versuchen, die Emotionen herauszuhalten.«

Nicole starrte ausdruckslos zu Cannavaro, als würde sie nicht verstehen, was er meinte. Dann sagte sie völlig gleichgültig: »Ist es nicht interessant? Wenn Vanessa an diesem Abend nicht verschwunden wäre, dann ...«

»... wären wir uns alle nie begegnet«, vollendete Tatjana den begonnenen Satz.

»Nicole! Was weißt du über die Entführung deiner Schwester?«, fragte Jefferson nun im Tonfall eines strengen Vaters.

Wieder starrte die junge Frau mit den schwarzgefärbten Haaren und der blassen Haut auf den Boden. »Ihr glaubt, dass sie noch immer am Leben ist?«

O'Neil mischte sich ein: »Es geht hier um mehr als um deine Schwester! Du hast gesehen, wozu diese

Monster fähig sind. Solange sich diese Männer auf freiem Fuß befinden, sind wir alle in großer Gefahr. Ich kann nicht glauben, dass du solchen Menschen vertraust. Sie werden auch dich töten, wenn sich ihnen die Gelegenheit bietet. Ist dir überhaupt klar, auf wen du dich da eingelassen hast?«

»Diese Gelegenheit hätten sie schon längst gehabt«, entgegnete Nicole wie ein trotziger Teenager.

»Was meinst du damit?«, wollte Cannavaro wissen und übernahm wieder die Befragung.

»Glaubt ihr denn ernsthaft, Svenja hat dafür gesorgt, dass die Entführer mich nicht mitgenommen haben?«

Ein weiteres Raunen ging durch den Raum. Man merkte Cannavaro an, dass er sehr angestrengt versuchte, sachlich zu bleiben. »Nicole, sag uns, was du weißt! Ich stimme mit Finbarr überein, dass du dich in großer Gefahr befindest.«

Sie wischte sich die Nase mit der Hand ab und fing an zu erzählen. »Svenja hat mich irgendwann in ihrer Wohnung angesprochen, als Vanessa im Bad war. Sie sagte, dass sie mir helfen könne.«

»Wobei?«

»Sie wusste, wie sehr ich meine Schwester verachtete, und bot mir an, sie aus dem Weg zu räumen.«

Jessica Jefferson begann zu weinen, als sie die Worte ihrer Tochter hörte. Nicole schien dies nicht zu berühren, sie plapperte einfach weiter und hatte sichtlich Spaß daran, im Mittelpunkt zu stehen. »Svenja kannte gewisse Leute, die darauf spezialisiert waren, Menschen verschwinden zulassen. Sie bot an, diese zu beauftragen. Ich hatte nicht viel Zeit, mir eine Antwort zu überlegen, also sagte ich sofort zu. Meine Aufgabe war es, lediglich sicherzustellen, dass Vanessa an diesem Tage mit mir zum Mathe-Coaching ging.«

Das Entsetzen stand allen ins Gesicht geschrieben. Es herrschte völlige Stille. Niemand konnte das, was er oder sie gerade fühlte, in Worte fassen. Es schien, als wollte Nicole noch einen draufsetzen, als sie gefühlskalt fortfuhr: »An dem Tag, als der Van neben uns hielt, gab es niemanden, der Vanessa half. Ich habe zugesehen und den Moment genossen. Sie hat geschrien und mich mit ihren großen Kulleraugen angesehen. Aber ich war nicht Daddy, den sie mit ihrem Rehblick um den Finger wickeln konnte. Oh ja, ich habe es genossen, wie sie geflennt und gefleht hat, bis sich die Autotüren schlossen. Es war wie eine Befreiung.«

Jefferson vergrub entsetzt sein Gesicht in den Händen. Nicole blickte zu ihm hinüber, als sie wütend rief: »Daddy, was tust du jetzt? Rufst du die Polizei? Wie willst du dann das alles hier erklären? Deine Söldnertruppe. Deine Killer und ihre blutigen Spuren, die sich bis zu dir zurückverfolgen lassen?«

Jefferson blickte auf. »Geh mir aus den Augen, sofort!«

Wortlos erhob sich die Tochter des Milliardärs und verließ das Arbeitszimmer. Jefferson wandte sich an O'Neil. »Tu mir den Gefallen und kümmere dich darum, dass sie nicht ihr Zimmer verlässt und aktiviere den Käfig.« Finbarr nickte und verließ kommentarlos den Raum.

»Gizmo?« Der Hüne blickte zu seinem Chef.

»Hol bitte Svenja Lewinski hierher!«

»Natürlich.« Gizmo gab Stone ein Zeichen, dass er ihn begleiten sollte.

KAPITEL 18

Herb brachte den Wagen in der achtundachtzigsten Straße zum Stehen. Während der Fahrt hatte er kaum gesprochen, nachdem Gizmo und Stone ihn auf den neuesten Stand gebracht hatten. Der Schock saß noch zu tief. Niemand von ihnen war in der Lage, Worte zu finden für das, was sie in Erfahrung gebracht hatten.

»Laut der Datenbank wohnt sie hier im Erdgeschoss.«

»Darf man dir eigentlich wieder auf die Schulter klopfen?«, wollte Gizmo die Atmosphäre auflockern.

Herb lachte gekünstelt, um zu verstehen zu geben, dass er den Witz verstanden hatte.

»Nein, im Ernst. Wie geht es deiner Schulter?«

»Ich komme klar. Doktor Franks ist einfach die Beste ihres Fachs.«

Gizmo stimmte kopfnickend mit ein: »Oh ja. Dem Alten kann man viel nachsagen, aber dass er an seinem Personal spart, sicher nicht.« Der Hüne blickte zu Stone, der gedankenverloren aus dem Fenster sah. »Hey, was ist los mit dir?«

Stone zuckte zusammen, als wenn er geweckt worden wäre. »Was für einen Käfig sollte O'Neil aktivieren?«

»In der Mansion kannst du per Knopfdruck jeden Raum abhörsicher machen. Gleichzeitig dringt dann aber auch kein Signal nach draußen. Das wollte Jefferson. Nicole soll zu niemandem Kontakt aufnehmen.«

Stone brummte etwas Unverständliches und dachte weiter nach, bis er fragte: »Meinst du, Jefferson hat tatsächlich die eine Tochter gegenüber der anderen bevorzugt und Nicole schlechter behandelt?«

Gizmo atmete tief durch, bevor er antwortete: »Das glaube ich nicht. Fakt ist, dass Vanessa sehr nach ihrem Vater kam. Sie war klug, wissbegierig, saugte alles in sich auf wie ein Schwamm. Sie lernte sehr schnell. Ich denke, es war einfach ihr Neid, der Nicole antrieb.«

Herb blickte fragend zu Gizmo. »Du sprichst in der Vergangenheit von ihr.«

»Entschuldige. Es fällt mir schwer, daran zu glauben, dass Vanessa noch lebt.«

»Geht mir auch so«, erwiderte Herb und starrte stur auf sein Lenkrad.

Auch Stone konnte die Gedankengänge des Hünen nachvollziehen, obwohl er noch nicht so lange dabei war wie die anderen. Aber Vanessa war inzwischen drei Jahre verschwunden. Man musste kein Agent sein, um zu wissen, dass es kaum möglich war, jemanden so lange versteckt zu halten. Das Risiko, entdeckt zu werden, wäre viel zu hoch.

»Was ist mit Alexandra Marx?«, warf Stone ein.

Gizmo presste die Lippen aufeinander. »Vielleicht kann Janine uns das sagen. Alex ist taff. Sie ist durch die härtesten Kampfsportausbildungen gegangen. Niemand, den ich kenne, verfügt über solche Kenntnisse. Wenn ich aber ehrlich sein soll, viel Hoffnung habe ich nicht mehr.«

Das war nicht unbedingt das, was Herb und Stone hören wollten. »Woher kennen sich Monday und Marx eigentlich?«, fragte Stone.

»Die beiden begegneten sich erstmals beim Secret Service. Sie gehörten zum Kreis der Personenschützer des damaligen Präsidenten und seiner Familie. Marx ging schließlich zum Militär und Monday zum FBI. Sie schlugen beide eine Ausbilderkarriere ein. Als Marx bei Jefferson eine Assistentin suchte, erinnerte sie sich sofort an ihre gemeinsame Zeit und sie wusste um Mondays guten

Ruf beim FBI. Mit ihr hatte sie einen würdigen Partner an ihrer Seite.«

Gizmo schaute Stone verschmitzt an. »Tatjana hat es dir wohl angetan?«

»Du weißt schon, dass Cat und ich ein Paar sind?«

»Hast du was von ihr gehört?«, wollte Herb wissen.

Stone schüttelte den Kopf. »Der Kontakt zur kompletten Gruppe ist abgebrochen.«

»Das hat aber nichts zu bedeuten«, wandte Gizmo ein und fuhr fort: »Das ist manchmal nötig, gerade wenn du eine Schweinebande infiltrieren willst.«

Stone fixierte Gizmo, um aus seinen Gesichtszügen herauslesen zu können, ob er es ernst meinte, doch wurde er nicht daraus schlau.

»Hattet ihr nicht einen Auftrag?«, fragte Herb.

Gizmo blickte nach draußen und scannte die Fensterfront des Wohnblocks. »Was soll's? Holen wir uns diese verdammte Schlampe!«

Sie stiegen aus und liefen zum Wohnblock. Gizmo bewegte den Knauf der Haustür und grinste. Sie war nicht verschlossen. Leise schlichen sie in den dunklen Hausflur. Kein automatisches Licht, keine Bewegungsmelder. Stone leuchtete mit einer Taschenlampe über die Namen an den Briefkästen. »Die Datenbank funktioniert. Dritter Stock.«

Wie zwei Schatten huschten die beiden die Treppe hinauf. Es roch nach Essen, irgendwo bellte ein Hund. Ganz normale Geräusche eines Wohnblocks, in dem viele Menschen auf engstem Raum hausten. Gizmo holte ein Messer hervor und zwängte es zwischen Tür und Rahmen. »Na dann!«

Das Schloss klackte. Gizmo schob die Tür langsam auf. Im Inneren war es dunkel. Stone leuchtete in die Wohnung. Sie war komplett leer. Lewinski schien mitsamt ihren Möbeln ausgeflogen zu sein. »Da muss ich wohl das mit der Datenbank wieder zurücknehmen«, scherzte Stone.

»Verdammt!«, fluchte Gizmo.

»Ja. Verdammt! Wahrscheinlich hat sie einen Tipp bekommen.«

»Sieht so aus.« Frust lag in Gizmos Stimme. Sie hatten die beste Spur aller Zeiten, doch war diese nichts wert. »Wir sollten so schnell wie möglich zurück und noch mal mit Nicole sprechen.«

Stone stimmte ihm zu.

Zurück in der Mansion berichteten sie O'Neil von der verlassenen Wohnung. Sie konnten ihn davon überzeugen, sein Okay für eine zweite Befragung zu geben. Auf dem Weg zu Nicoles Apartment trafen sie auf Mario Cannavaro. Dieser hatte bereits sein

Netzwerk bemüht und herausgefunden, dass es bisher vier Mädchen gab, die während eines Mathe-Coachings verschwanden, bei dem Svenja Lewinski beschäftigt gewesen war. Jedes Mal hatte sie danach die Stadt verlassen. Von Los Angeles nach San Francisco, über New York und schließlich Chicago. Sie erreichten Nicoles Räume und mussten verbittert feststellen, dass sie über das Fenster die Mansion verlassen hatte.

»Verdammt!« fluchte nun Stone. »Jetzt stehen wir mit leeren Händen da!«

O'Neils Smartphone vibrierte. Er nahm es aus seiner Hosentasche und las eine Nachricht. »Nicht ganz. Janine packt gerade aus!«

Die vier schauten sich zeitgleich an. Sofort machte sich der Trupp auf den Weg ins Erdgeschoss. Zu lange hatten sie alle auf diesen Moment gewartet, sodass diese Option, an Informationen zu kommen, schon wieder in Vergessenheit geraten war.

»Wer ist bei ihr?« fragte Gizmo und stieg als Erster in den Fahrstuhl.

»Monday und Doktor Franks.«

»Wenn der Alte erfährt, dass seine Tochter abgehauen ist, flippt der aus.«

»Das wird den Zustand seiner Frau nicht verbessern«, murmelte O'Neil und schlug damit in dieselbe Kerbe.

»Warum sitzt sie eigentlich im Rollstuhl?«, wollte Stone wissen. O'Neils Gesichtsausdruck wurde noch ernster. »Als sie erfuhr, dass Vanessa entführt worden war, erlitt sie einen Schlaganfall. Seitdem ist sie halbseitig gelähmt.«

Stone blickte verhalten auf den Boden. Die Frage war ihm im Nachhinein unangenehm. Doch ehe er darauf antworten konnte, öffnete sich die Tür des Aufzugs. Der Tross setzte sich Richtung Intensivstation in Bewegung. Sie platzten fast vor Neugierde, was Runnings zu berichten hatte. Wer waren die Täter? Welche Hinweise hatte sie? Würden sie der Crew weiterhelfen? Waren Vanessa und Alexandra noch am Leben? Wenn ja, wusste Janine, wo die beiden gefangen gehalten wurden? Die Hoffnung war groß, auf diese Fragen endlich die erhofften Antworten zu erhalten.

Die automatische Schiebetür setzte sich in Bewegung, als sie schließlich die Station betraten. O'Neil erreichte als Erster das Krankenbett. Sein sonst hartes Gesicht bekam weiche Züge, als er Runnings im wachen Zustand sah. Stone ließ alle anderen vor, da sowohl Gizmo als auch Cannavaro einen persönlichen Bezug zu Janine hatten, der ihm bisher fehlte. Monday saß auf einem Hocker vor Runnings Bett und hielt ihre Hand.

»Sie ist noch sehr schwach, aber sie hat so gute Neuigkeiten.«

Runnings bemerkte die Anwesenden und war freudig erregt, als sie die unterschiedlichen Stimmen wiedererkannte.

»Vielleicht ist es besser, wenn wir morgen wiederkommen, damit du dich ausruhen kannst«, sprach O'Neil voller Sorge, doch Runnings schüttelte heftig den Kopf.

»Wer steckt dahinter, Janine?«, platzte es aus Gizmo heraus. Runnings lächelte, als sie seine Stimme hörte. Der Rest traute sich nicht einmal zu atmen. Alle warteten gespannt auf eine Reaktion. Janine spitzte die Lippen und flüsterte: »Madison. Carmen Madison.«

O'Neil blickte forsch zu Cannavaro, der daraufhin sofort etwas in sein iPad eingab.

»Hat sie Bibbi getötet?«, hakte Gizmo nach.

Ihre Lippen zitterten, als sie alle Kraft zusammennahm und antwortete: »Nein. Das waren Kim und Micky Angel.«

O'Neil und Cannavaro schauten sich tief in die Augen. Die Namen schienen bei den beiden Erinnerungen zu wecken.

Runnings wirkte müde und kämpfte dagegen an, dass ihre Augen zufielen. Doktor Franks schritt nun verbal ein: »Ich denke, es ist erst einmal genug.«

Die Anwesenden widersprachen nicht. O'Neil verließ gemeinsam mit Mario Cannavaro die Station. Offensichtlich wollten sie ungestört etwas besprechen. Gizmo klopfte Stone auf die Schulter.

»Wie wäre es mit einem Schlummertrunk?«

»Warum nicht?«

KAPITEL 19

Stone lag in seinem Bett und blickte an die Decke. Seine Hand strich zum wiederholten Mal über die freie Stelle neben sich. Er drehte seinen Kopf zur Seite und beobachtete durchs Fenster, wie die Sonne aufging. Er hatte kaum geschlafen und fühlte sich ausgelaugt. Zwei Tage waren vergangen, seit Runnings wieder bei Bewusstsein war. Zwei weitere Tage, an denen er kein Lebenszeichen von Cat bekommen hatte. Er versuchte, seine Furcht auszublenden, sich abzulenken, einfach nicht daran zu denken, doch war dies schier unmöglich. So sehr er sich bemühte, kreisten seine Gedanken letztendlich immer wieder um Cat. *Geht es ihr gut? Natürlich geht es ihr gut.* Er wollte keine negativen Gedanken zulassen. *Cat ist stark, eine Kämpferin. Niemand kann ihr das Wasser reichen. Alles ist in Ordnung.*

Stone musste lächeln. Das musste er immer, wenn er daran dachte, wie sehr ihn die einsilbige Cat damals in ihren Bann gezogen hatte. Anfangs war es nur eine Ahnung gewesen, später hatte er erfahren, welch wunderbarer Mensch sich hinter ihrer kühlen Fassade verbarg. Er war froh, vielleicht sogar glücklich, dass er derjenige war, der dahintergucken durfte.

Schwerfällig erhob er sich und schlurfte ins Bad. Er war müde. Unter der Dusche stellte er das Wasser auf die niedrigste Temperaturstufe und hoffte, auf diese Weise wach zu werden. Schließlich machte er sich auf den Weg zum Kaffeeautomaten in der Lobby. Um diese Uhrzeit war die Mansion für gewöhnlich wie ausgestorben. Stone trank seinen Kaffee und genoss die Stille, als er plötzlich Stimmen hörte. Er erkannte O'Neil und Monday, die lautstark diskutierten.

»Nein! Jefferson hat klare Anweisungen gegeben, dass du dich nicht daran beteiligst.« O'Neil schien außer sich zu sein und Monday konnte nicht nur von der Lautstärke her gegenhalten. »Ich muss! Verdammt noch mal, ich muss! Versteht ihr das nicht?«

»Nein, Tatjana! Jefferson hat es untersagt. Du gehst nicht mit. Du hast keine Ahnung, worauf du dich einlässt. Micky und Kim Angel sind tickende Zeitbomben.«

»Das bin ich auch!«

»Keine Diskussion, Monday!«

»Entweder ihr lasst mich auf diese Rettungsaktion oder ich kündige«, beendete Monday die Diskussion und trat aus dem Büro. Verärgert würdigte sie Stone keines Blickes. Cannavaro folgte ihr, blieb dann aber neben Stone stehen. Er war scheinbar stummer Gast der Unterhaltung gewesen. »Frühaufsteher?«

»Eigentlich nicht.«

»Ich auch nicht.«

Stone war natürlich neugierig und konnte es nicht lassen, nachzufragen. »Was war denn da drinnen los?«

»Wir haben eine Adresse. Zumindest vermuten wir, dort Carmen Madison zu finden, und wir gehen davon aus, dass die Angels ebenfalls dort sind.«

»Die Angels?« Stone runzelte die Stirn.

»Kim und Micky Angel waren 2003 im Irak stationiert und an Folterungen von Kriegsgefangenen beteiligt. Ein Jahr später wurden sie unehrenhaft entlassen.«

»Folterungen?«

»Ja. Wenn du die Akten lesen würdest, könntest du die nächste Nacht kein Auge zumachen.«

»Nach all dem, was ich gesehen habe?« Stone blickte fragend. Cannavaro fasste sich ans Kinn und dachte kurz nach. »Na ja, vielleicht auch nicht.«

»Aber ihr fürchtet die beiden?«

»Was heißt Furcht? Respekt ist schon vorhanden. Respekt sollte man jedem entgegenbringen, wenn man keine Überraschungen erleben will.«

Stone blickte ihn eindringlich an. Er wollte mehr wissen. »Was haben die beiden im Irak angestellt?«

Cannavaro schmunzelte, doch dann nahm sein Gesicht wieder sehr ernste Züge an. »Angestellt? Es fing damit an, dass sie Gefangene misshandelt haben. Gemeinsam rissen sie sich förmlich um die Durchführung von Verhören. Der Ablauf war immer gleich. Der Gefangene musste sich ausziehen und die ganze Zeit stehen. Dann haben sie ihren Opfern Plastiktüten über den Kopf gezogen, bis sie fast erstickten. Das wiederholten sie bis zur völligen Erschöpfung. Später verfeinerten sie ihre Praktiken, indem sie beispielsweise einen zweiten Gefangenen holten und diesem befahlen, ihrem Opfer während der Tortur einen zu blasen.«

»Sie haben was?« Stone war sichtlich angeekelt.

»Hast du es akustisch nicht verstanden?«

»Schon gut.« Stone winkte ab und forderte Cannavaro auf, weiterzuerzählen.

»Wer sich weigerte, wurde in einer Badewanne ertränkt. Während einer Nachtpatrouille drangen sie in ein ziviles Wohnhaus ein und haben Männer, Frauen und Kinder zu Tode gequält. Doch es gab einen Zeugen, deshalb kam die Sache wenig später ans Licht und schließlich wurden sie aus der Army entlassen.«

Stone schaute Cannavaro ungläubig an.

»Nur entlassen? Sonst hatte es keine Konsequenzen?«

»Es hatte keine Konsequenzen, weil sie sich der Festnahme entzogen. Sie sind seitdem flüchtig. Wenn ich mir das Video der Tötung von Bibbi in Erinnerung rufe, möchte ich nicht wissen, was sie noch so angerichtet haben. Diese beiden sind schlimmer als skrupellos. Sie töten aus Lust.«

Stone nickte. Er verstand. »Deswegen will Jefferson Monday da nicht mitmischen lassen?«

»Der Chef will sie nicht in Gefahr bringen, ja. Sie ist Ausbilderin und kein Soldat.«

Plötzlich trat O'Neil aus seinem Büro. »Wie ich sehe, stellst du dein Team zusammen.«

Cannavaros Smartphone vibrierte. Zügig holte er es aus der Hemdtasche und aktivierte das Display. »Verdammt!«, sprach er leise, fast flüsternd.

»Was ist passiert?«, wollte Stone sofort wissen.

»Wir haben einen Code Black.«

»Einen Code Black?« Stone hatte keinen Plan, wovon Cannavaro sprach.

»Wir haben jetzt zwei Rettungsmissionen! Unser Team in Mexiko hat ein Notsignal abgesetzt.«

Stone stockte der Atem. Dann knallte er seine Tasse neben den Kaffeeautomaten und sagte, ohne eine Antwort einzufordern: »Ich frage erst gar nicht, ob ich fahren darf!«

O'Neil nickte verständnisvoll. »Holt sie da raus!«

KAPITEL 20

Gwen zuckte zusammen. Sie war wach, konnte aber die Augen nicht öffnen. Die Achtzehnjährige fühlte sich schwach. Da war wieder dieser Moment, der immer wiederkehrte, wenn sie eingeschlafen war oder das Bewusstsein verlor und dann aufwachte. Dieser Moment, in dem sie die Hoffnung hatte, dass alles nur ein böser Traum war. Doch jedes Mal musste sie feststellen, dass sie nicht in ihrem Bett lag, nicht in ihrem Zimmer war, in ihrem Zuhause. Sie wollte die Augen nicht öffnen. Gwen wollte so tun, als würde sie schlafen, um ein wenig Zeit gewinnen, für einen weiteren Moment dieser Realität zu entfliehen, die so furchtbar war.

Oft funktionierte es und sie wurde in Ruhe gelassen. Wenigstens für den Augenblick. Doch dann brachte man sie in das kleine Filmstudio. Gwen hatte immer davon geträumt, Schauspielerin zu werden. Aber nicht so! Sie ließ alles über sich ergehen und hoffte, somit lange genug am Leben zu bleiben. Obwohl die Hoffnung schwand. Jede Stunde ein bisschen mehr. Ihre Freundin Anna hatte sich gewehrt, als gleich drei dieser Schweine über sie herfielen. Gwen konnte noch immer ihre Schreie hören und den Schuss, als Fernando, der Chef der Bande, sie abknallte wie einen Hund. Seine Männer, diese Wichser, verscharrten Annas Leiche irgendwo auf dem Gelände.

Gwen presste die Augen fest zusammen. Sie wollte zurück in ihr altes Leben, zurück nach Hause.

Etwas regte sich neben ihr. Gwen entschloss sich, nun doch die Augen zu öffnen. In dem zweiten Bett saß eine Frau. Sie hatte lange blonde Haare, die zu einem Zopf gebunden waren. Ein paar Locken fielen ihr ins Gesicht, das ein einziger Bluterguss war. Sie atmete hastig und wirkte erschöpft. Erwartungsvoll schaute sie zu Gwen und zerrte an ihren Fesseln.

»Du musst in meine Tasche fassen. Dort befindet sich ein Pager. Du musst bitte den Knopf in der Mitte drücken. Dann kommt Hilfe. Die holen dich dann hier raus!«

Gwen war plötzlich hellwach. Sie zog an der Kette, deren eines Ende an ihren Handschellen und das andere am Bett befestigt war. Die Länge der Kette war ausreichend. Gwen griff in die Hosentasche der Frau und holte einen weißen Pager hervor. In der Mitte befand sich ein schwarzer Knopf.

»Drück den Knopf!«

Gwen gehorchte. Die Frau mit den lockigen Haaren schloss erleichtert die Augen.

Aktualisiertes Nachwort der 2. Auflage

Heute ist der 30.11.2024 und das bedeutet, dass Stone seinen fünften Geburtstag feiert. Kein anderes Buch wie dieses, hat mir alles abverlangt. Über dieses zu schreiben, hat mir zahlreiche schlaflose Nächte bereitet. Die Geschichte des kleinen Jungen Mohammed, der in Berlin entführt, missbraucht und dann getötet wurde, hat mich tief erschüttert. Sie hat mich Jahre beschäftigt und für viele dunkle Gedanken gesorgt. Diese unfassbare Geschichte ließ mich einfach nicht mehr los und beschäftigte mich schließlich so sehr, dass ich STONE schrieb. Tatsächlich liegt damit der Ursprung dieses Buches, einer wahren Geschichte zugrunde.

Ich kann nicht aufhören zu sagen, dass diese mich fassungslos gemacht hat. Wie können Menschen zu so etwas fähig sein? Bis heute fehlt mir jegliche Phantasie für eine Antwort. Damit stehe ich offensichtlich nicht allein. Meine Leser haben STONE – Gerechtigkeit gibt es nur in der Hölle, zu meinem erfolgreichsten Buch gemacht. Tatsächlich hat dieser Roman alles verändert. Es war der Startschuss meines größten Projektes. Ein Projekt welches meinen Lesern die Möglichkeit gab, in meinen Büchern lebendig und damit unsterblich zu werden. Mittlerweile ist daraus ein richtiges Figuren-Universum mit mehr als DREIHUNDERT Buchcharakteren geworden. STONE war nicht nur der Startschuss einer Trilogie, sondern sogar für eine ganze Reihe. STONE ist damit zu der Vorgeschichte meiner Science-Fiction Serie: Legends of Mankind.

Nach fünf Jahren der Veröffentlichung, habe ich mich aber entschieden, dieses Buch noch einmal zu überarbeiten. Einiges würde ich heute nämlich nicht mehr so schreiben. Einige Szenen sind mir heute einfach zu entsetzlich, so dass ich diese gestrichen habe. Damit ist die zweite Auflage eine zensierte Fassung. Die unzensierte Fassung ist weiterhin als Sonderband-Trilogie im KOVD-Verlag erhältlich.

Als Entschädigung für fehlendes Material, füge ich eine Kurzgeschichte hinzu, welche sich momentan in keinem Taschenbuch befindet. Also etwas EXKLUSIVES. Oben drauf füge ich noch weiteres Bonus Material bei.

Zum Schluss bedanke ich mich bei allen Begleitern des Lebens, welche ich namentlich gar nicht mehr aufzählen kann. Zum Glück sind einige davon zu Buchcharakteren geworden, so dass ich mit ihnen, wenn ich schreibe, Zeit verbringen darf.

Danke, dass ihr Teil davon seid und mich nicht nur begleitet, sondern auch durch manche schweren Zeiten getragen habt.

Danke!

Alexander Kühl

www. kovd-verlag.de

Ted Jefferson

Gründer von Jefferson Industries und der Organisation Vanessa

Jessica Jefferson

Ehefrau von Ted Jefferson

Nicole Jefferson

Älteste Tochter

Vanessa Jefferson

Jüngste Tochter

Finbarr O'Neil

Leiter der Organisation

Sabrina Smith

Stellvertretende Leiterin der Organisation und zuständig für das Recruiting

Natascha Gramow
Leiterin der Security

Veronika Steele
Mitarbeiter der Security und speziell für die Sicherheit er Jeffersons abgestellt

Alexandra Marx
Chef-Ausbilderin der Rekruten

Tatjana Monday
Stellvertretende Ausbilderin

Mario Cannavaro
Leiter der Eingreiftruppen (koordiniert die Einsätze und beschafft alle vorher benötigten Informationen)

Gizmo
Urgestein der Organisation und Teamleader der Eingreiftruppen

Rob Stone
Mitglied der Eingreiftruppe

"Cat" Silvia Kruger
Mitglied der Eingreiftruppe

Claudia Kinsley
Mitglied der Eingreiftruppe

Janine Runnings
Mitglied der Eingreiftruppe

Bibi Katchum
Mitglied der Eingreiftruppe

Doktor Mandy Franks
Leiterin der Krankenstation

Louise Salpagidis
Krankenschwester und Assistentin von Franks

Susan Swan
Forensikerin, Leiterin des Labors

Sandra Funk
Jeffersons Vertraute beim FBI

Denise Hathaway
FBI-Zeugenschutzprogramm

Ivy Pence
Forensikerin (übernimmt den Part des
Außeneinsatzes, wenn erforderlich)

Lola Van Black
Mitglied der Eingreiftruppe

Emilia Watson
Mitglied der Eingreiftruppe

Ilona Dukes
O'Neils Schwester und rechte Hand

Herbert Aspen
Leiter des Fuhrparks

Dominic Griffin
Pilot

Janina Raven
Mitglied der Eingreiftruppe

Doktor Cindy Moon
Mitglied des Ärzteteams

Andy Killmer
Mitglied der Eingreiftruppe

Mathias Lange
Mitglied der Eingreiftruppe

Kimberly Parker
Mitglied der Eingreiftruppe

Mike Coleman
Mitglied der Eingreiftruppe

Nici Hope
IT-Spezialist

Diana Zucker
Psychologin der Crew

Diana "D" Quinn
Erfinderin und Mathe-Genie (zuständig für die Ausrüstung der Crew-Mitglieder)

FROST

Gebannt hörte Alex Frost der Dame des Hauses zu. Ihre Stimme hatte etwas Geheimnisvolles und sie verstand es, alles in unterhaltsame Sätze zu verpacken. Frost, wie er von seinen Kollegen genannt wurde, hätte ihr stundenlang zuhören können.

Samentha Barnes konnte auf ein bewegtes Leben als Wissenschaftlerin zurückblicken. Doch ihre letzte Forschung, weswegen Frost hier war, schien alles zu toppen. Sie hatte ein Serum entwickelt, dass die Sinne steigerte. Im Hüter der Legenden entflammte die Neugierde und schließlich konnte er nicht mehr dagegen ankämpfen. Er musste wissen, wie weit sie mit ihren Forschungen gekommen war. Frost unterbrach sie unsanft und versuchte eines der Fragezeichen in seinem Kopf loszuwerden.

»Auf welche Sinne wirkt sich das Serum aus?«

Frost schüttelte den Kopf. Er war über sich selbst entsetzt, dass er ihr so rabiat ins Wort gefallen war.

»Ich muss mich entschuldigen. Es sollte kein Verhör werden.«

Sie lachte. Ihr gefiel scheinbar, dass Frost nun in die Tiefe der Geschichte gehen wollte.

»Es ist ok. Es wirkt sich auf alle Sinne aus.«

»Wie darf ich das Verstehen, Miss Barnes?«, hakte er nach.

»Oh Bitte, Frost. Nennen Sie mich Sam. Eine Miss bin ich lange nicht mehr und wenn ich zu mir ehrlich bin, wollte ich das niemals sein.«

Frost lächelte. Die Wissenschaftlerin wurde ihm immer sympathischer.

»Dann möchte ich ebenfalls darum bitten nicht mit Sie angesprochen zu werden. Allerdings mag ich den Klang meines Vornamens nicht. Mein Nachname hat in den zurückliegenden Jahren die Rolle meines Vornamens übernommen.«

Sam nickte.

»Ich verstehe. Das mache ich gern, Frost.«

»Um auf das Serum zurückzukommen. Bedeutet es also, dass zum Beispiel mein Geruchssinn intensiver ist?«

Barnes lächelte.

»Ja. Das ist ein gutes Beispiel. Gerade weil viele Menschen den Geruchssinn von allen Sinnen als den am bedeutungslosen halten. Erst eine Erkältung macht sichtbar, welche Leistungen dieser tatsächlich vollbringt. Die Verstärkung dieses Sinnes führt dazu, dass man die nicht offensichtlichen Dinge, welche sonst in ihrem Unterbewusstsein verschwinden, nun direkt wahrgenommen werden.«

Frost kniff die Augen zusammen. Er stand etwas auf dem Schlauch. Sam schien dies zu bemerken und legte noch mal nach.

»Du bist mit dem limbischen System vertraut?«

Frost nickte.

»Es ist eine Funktionseinheit des Gehirns. Sie verarbeitet Emotionen und dient der Entstehung von Triebverhalten. Es werden ihm aber inzwischen auch intellektuelle Leistungen zugesprochen.«

»Ja richtig. Außerdem schüttet es Endorphine aus. Das Serum verstärkt alle Funktionen des limbischen Systems. Gleiches gilt für alle anderen Sinne. Der Proband sieht, hört, riecht, schmeckt und fühlt intensiver. Alles nicht gleich stark. **Jedes Lebewesen ist individuell und es ist immer ein Sinn, der sich am stärksten ausbildet.** Es ist immer ein Sinn, der sich am stärksten ausbildet.«

»Das klingt unglaublich. Es ist tatsächlich am Menschen schon getestet worden?«

»Ja. Unter anderem an mir. Ich war der Proband Zero. Das gab mir die Möglichkeiten die Kinderkrankheiten, welches nun mal jedes Projekt hat, zu beheben.«

»Kinderkrankheiten?«, fragte Frost neugierig nach und lächelte etwas verlegen.

Sam blickte kurz auf den Boden, bevor sie schließlich wieder aufblickte und den Augenkontakt zum Hüter der Legenden aufnahm.

»Nebenwirkungen. Das Serum hatte Nebenwirkungen. Diese treten zyklisch auf, zumindest denke ich das, denn ich habe noch nichts ausmachen können was diese auslösen.«

»Nebenwirkungen?«

Sam schüttelte den Kopf.

Es war offensichtlich, dass die Wissenschaftlerin darüber nicht sprechen wollte. So ging er drüber hinweg, ohne weiter nachzubohren und stellte die nächste Frage.

»Welcher deiner Sinne hat sich stärker ausgebildet?«

Sam lächelte erneut. Ihre vollen Lippen nahmen dabei eine besonders schöne Form an. Gleichzeitig schienen ihre braunen Augen dabei jedes Mal zu funkeln. Frost war es sofort aufgefallen und unbewusst hatte er es von da an immer wieder probiert sie zum Lächeln zu bringen.

»Leider nicht der Sehsinn«, lachte sie plötzlich kurz auf.

»Sonst könnte ich bei meiner abendlichen Gute Nacht Lektüre auf meine Lesebrille verzichten. Dieser Sinn scheint sich fast nicht verbessert zu haben. Dafür ist der Tastsinn also die taktile Wahrnehmung über die Haut sehr stark ausgeprägt. Mit ihr meine Tiefensensibilität und Zeitwahrnehmung. Ich habe so etwas wie einen 6. Sinn entwickelt.«

Wieder musste sie lächeln und ihre sonst so blassen Wangen erröteten leicht. Verlegen strich sie sich durch ihre langen schwarzen gelockten Haare.

»Du glaubst mir das nicht, oder?«

Frost verzog das Gesicht.

»Bitte? Bei all den verrückten Dingen die mir begegnet sind? Ich bitte dich.«

»Was ist das Verrückteste was dir bisher begegnet ist?«

Frost legte die Hand ans Kinn und dachte nach.

»Wo soll ich da anfangen?«

»Oder sag mir, welche Legende der Menschheit hütet ihr? Wie kann ich mir sicher sein, dass ich euch meine Erfindung anvertrauen kann und kein Mensch sie jemals in die Hände bekommt?«

»Wir sind im Besitz der Bundeslade«, schoss es sofort aus Frost heraus.

Mit offenen Mund sah Sam den Hüter schweigend an.

»Und ich nehme dich nicht auf den Arm.«

»Ich wollte gerade nachfragen.«

»Das habe ich mir gedacht. Es ist normalerweise nicht die Geschichte, mit der ich hausieren gehe, aber ich dachte es verdeutlicht wie gut und vor allem wie lange unsere Organisation in der Lage ist eine Legende zu schützen.«

»Ihr habt also tatsächlich die Steintafeln mit den zehn Geboten in eurem Besitz?«

Frost musste schmunzeln.

»Wir haben die Steintafeln, von Geboten war nicht die Rede.«

»Wie soll das verstehen? Keine Gebote? Was dann?«

Sam riss die Augen auf.

Frost nickte.

»Dies ist die typische Reaktion eines jeden eingeweihten. Es wäre die Reaktion eines jeden Menschen, dessen Glaubenswelt droht auf den Kopf gestellt zu werden. Deswegen hüten wir dieses Geheimnis, denn was würde passieren, wenn die Welt erfahren würde, dass Gott keine Gebote an Moses übergab?«

»Keine Gebote? Was dann?«, wollte nun Sam wissen.

»Sag schon. Ich sag es auch nicht weiter«, lachte sie ihn an und berührte dabei sanft seine Schulter.

»Darüber mache ich mir keine Sorgen, denn es würde dir eh niemand glauben. Selbst die Existenz einer Organisation, welche sich Hüter der Legenden nennt, würde dir niemand abnehmen.«

»Das glaube ich auch.«

Sam fixierte den Hüter mit ihren braunen Augen. Ihre Neugierde schien noch nicht gestillt.

»Du willst damit sagen, dass Gott dem Menschen keine Gebote gab?«

Fassungslos schüttelte Sam den Kopf.

»Ich bin ihm nie begegnet. Von der Logik her würde es für mich eh keinen Sinn machen.«

»Das auf den Tafeln Gebote stehen?«

»Das ein Gott, Wesen, die er mit einem freien Willen schuf, dennoch vorschreiben will was sie tun dürfen. Und sie dann bestrafen, wenn die von der Nutzung ihres freien Willens Gebrauch machen. Der gesunde Menschenverstand sagt einem eigentlich schon, dass da etwas nicht stimmen kann.«

Sam nickte Frost zu. Sie schien mit ihm einig.

»So habe ich das noch nie hinterfragt.«

Frost lachte.

»Natürlich nicht. Die Institution der Kirche sorgt seit Jahrhunderten, dass dies nicht hinterfragt wird.«

»Wer hat euch die Tafeln übergeben? Moses?«

Sam konnte sich ein Grinsen nicht verkneifen.

»Diejenigen, welche die Geschichten von den Geboten erfand. Wahrscheinlich sah eine Handvoll Menschen die Chance mit Angst alles unter ihre Kontrolle zu bringen. Vielleicht war es die Geburtsstunde davon, dass man eine positive Nachricht, missbrauchte um die Zahl derer die davon profitieren sollte, so gering wie möglich zu halten.«

»Wow«, schwappte es förmlich aus Sam heraus.

»Ich bin wirklich beeindruckt und natürlich überzeugt, dass sich mein Projekt in eurer Organisation, in guten Händen befindet.«

Frost lächelte. Er war sehr zufrieden, wie sich das ganze entwickelte. Jetzt wollte er aber wieder den Fokus auf Doktor Samentha Barnes richten. Er hatte erst gestern einen Anruf seiner Vorgesetzten Charlie Fives erhalten. Er befand sich gerade mit dem Piloten Torsten Peach in Dublin, als Fives ihn nach Toledo beorderte, um, wie sie es sagte ein Artefakt sicherzustellen. Mehr Informationen hatte er nicht erhalten. Frost war es gewöhnt, sich meistens vor Ort ein genaueres Bild machen zu müssen. Die Zeit eben oft der erbittertste Gegenspieler von allen. Dafür, dass er häufig in trüben Gewässern fischen musste, wurde er entschädigt und diesmal, als er in Toledo eintraf allemal. Als er vor Samentha Barnes Villa stand, war er beeindruckt. Es war ein futuristischer

Bau. Die Wände waren fast komplett aus Glas. Nur weiße marmorierte Säulen umrandeten es. Auch innen war es das spektakulärste was der Hüter aus direkter Nähe betrachten konnte. Zwar hatte er bisher nur im Erdgeschoss den Wohnbereich gesehen, doch dieser hatte es in sich. Er war großzügig und hell angelegt. Ein Kamin lud ein, um es sich davor auf weißen Ledermöbeln bequem zu machen. Samentha Barnes war das i-Tüpfelchen des Ganzen. Für Frost verkörperte diese Frau alles, nachdem er in seinem Job als Hüter hinterherjagte. Wissenschaft, Mystik und tief verborgene Geheimnisse. Frost spürte, dass diese Frau mehr zu offenbaren hatte, als sie auf den ersten Blick zugab. Er war beeindruckt von ihr und er konnte sich nicht erinnern, wann ihm so etwas das letzte Mal passiert war.

Hatten ihn die Enttäuschungen des Lebens dazu geformt, sich von nichts und niemanden faszinieren zu lassen, erst recht nicht von attraktiven Frauen?

Frost fixierte die braunen Augen seines Gegenübers und versuchte das Gespräch wieder in die richtige Bahn zu lenken.

»Jetzt habe ich so viel erzählt, dass wir völlig vom Thema abgekommen sind. Warum genau, bin ich eigentlich heute hier?«

»Vor vierzehn Tagen nahm ich mit einem Teil meines Projektes an der Science & Future Convention teil. Ein gewisser Rob Blackland zeigte großes Interesse daran. Er wollte in meine Forschung mit einsteigen. Ich spürte, dass es ihm nur darum ging in den Besitz meines Serums zu kommen. Ich konnte klare Gedankenstrukturen erkennen, was seine Pläne waren. Und diese waren nicht gerade positiv. Ich brauchte schließlich Ruhe und wollte in mein Hotelzimmer. Auf dem Weg dorthin blieb ich mit einer Frau in einem Aufzug stecken. Sie stellte sich als Charlie Fives vor und drückte mir eine Visitenkarte in die Hand. Sie sagte, dass sie das Gespräch mit Blackland und mir belauscht hätte. Sie meinte sie würde für eine Organisation arbeiten, welche dafür zuständig ist, die Menschheit, ihre Kultur und ihre Legenden zu schützen. Gestern rief ich sie an.«

»Und heute bin ich hier«, fügte Frost hinzu und fuhr sich dabei durch den Seitenscheitel.

»Das war kein Zufall, dass der Aufzug stecken blieb, oder?«

Frost schüttelte den Kopf und konnte nicht verhindern, dass sich der rechte Mundwinkel nach oben bewegte.

Sam konnte das Feixen nicht erwidern. Ihr Gesichtsausdruck nahm plötzlich eine ungewohnte Ernsthaftigkeit an.

»Blacklands Offerte war sehr eindeutig. Seine Gier nach diesem Serum war deutlich zu fühlen. Ich weiß nicht was er damit vor hat, aber er darf es niemals in die Hände bekommen. Deswegen habe ich vor, komplett von der Bildfläche zu verschwinden und suche jemanden, dem ich mein Haus überschreiben kann, da es Artefakte enthält, welche vor gefährlichen Kräften beschützt werden, muss. Wie es aussieht, habe ich den geeigneten Kandidaten dafür gefunden.«

Frost zuckte zusammen.

»Wie bitte?«

Sams ernster Gesichtsausdruck wich dem gewohnten Lächeln.

»Keine Angst. Du musst nicht die Katze im Sack kaufen, bevor ich dir nicht das komplette Haus gezeigt habe.«

Frost war sprachlos.

»Ich soll… wirklich? Das kann ich doch nicht annehmen.«

»Keine Angst. Auch wenn ich dafür keinen einzigen Dollar verlange, benötige ich trotzdem eine Gegenleistung. Geschenkt ist es also nicht.«

»...okay. Wie sieht die aus?«

»Mein Name darf nicht mit diesem Haus in Verbindung gebracht werden, und zwar vollständig. Du musst hier einziehen, und zwar ganz offensichtlich. Das was sich in dem Haus befindet muss geschützt werden und darf niemals diese Wände verlassen.«

Frost schluckte.

»Ich gehe davon aus, dass es sich dabei um das Serum handelt?«

»Ich rede von allen Bestandteilen des Projektes. Das Serum ist nur ein Teil davon.«

Sam erhob sich.

»Komm mit. Ich möchte dir etwas zeigen«, forderte sie ihn auf und streckte ihm die Hand entgegen.

Frost nickte und folgte ihr. Eine Wendeltreppe führte nach unten und mündete in einer Bibliothek. Sam zog in einem Regal ein Buch heraus und sofort schob sich das Bücherbord zur Seite. Dahinter befand sich ein Eisentor und daneben eine Kamera.

Sam neigte ihren Kopf leicht nach vorn und sofort scannte die Linse Gesicht und Augen der Wissenschaftlerin. Sie Eisentür verschwand im Boden. Unzählige LED-Lampen gingen in Betrieb und erleuchteten einen rechteckigen Raum. Frost erschrak, als er in der Mitte der Kammer einen Marmorsockel entdeckte, auf dem sich einer griechischen Skulptur gleich, ein Oberkörper eines Mannes samt Kopf aber ohne Arme befand und sich bewegte.

»Miss Barnes, ich sehe, dass Sie einer nicht autorisierten Person Zugang verschafft, haben«, fing dieser plötzlich auch noch an mit einer Roboterähnlichen, synthetischen Stimme zu sprechen.

»Richtig Clive. Das ist Alex Frost. Bitte statte ihn mit allen Autorisierungen aus. Ich möchte, dass er zu allem Zugang erhält, wenn nötig.«

»Jawohl Madam«, antwortete er und aktivierte eine Art Laserstrahl, welcher sich über das Gesicht Frosts ausbreitete und es mit einem leuchtenden Gittermuster überzog.

Sam zeigte auf die Wände des Raumes.

»Dieser Raum kann jederzeit mit all seinem Inhalt von dir verwendet werden.«

Sie richtete ihren Blick zur Statue.

»Clive, zeige unserem Gast was sich hier alles befindet.«

»Jawohl Madam.«

Sofort verschwanden die Wände im Boden und gaben eine beleuchtete Glaswand frei.

Frost staunte und wusste nicht, wo er zuerst hinschauen sollte. Er fühlte sich wie ein kleiner Junge, der vor einem Schaufenster mit den coolsten Dingen stand. Offensichtlich befanden sich hinter zahlreichen Glasscheiben und Türen so etwas wie Waffen und Werkzeuge.

»Du wirst hier sicher einiges finden, was dir auf deinen weiteren Missionen helfen kann. Ich stelle eurer Organisation alle meine Technologien zur Verfügung.«

Sam drehte sich zum hinteren Bereich des Raumes und deutete auf eine weitere Tür.

»Im Gegenzug, versprichst du mir, dass du diese Tür nur öffnest, wenn Clive die Situation entsprechend so bewertet, dass er die Freigabe dafür erteilt. Es ist besser, wenn du nicht weißt, was sich dahinter befindet. Doch gebe ich zu, dass es Ereignisse geben kann, welche es rechtfertigen, dass du dir Zutritt verschaffst.«

Frost schluckte.

»Das hört sich alles so endgültig an. Als wenn du tatsächlich von der Bildfläche verschwindest.«

Sam quälte sich zu einem Lächeln.

»Mein Projekt darf nicht in die falschen Hände geraten. Wenn ich mit meinem Verschwinden dazu beitragen kann, bin ich bereit den Preis zu zahlen.«

Frost wollte eine Endgültigkeit nicht akzeptieren. Er redete sich ein, dass es hier mit Sicherheit nur um eine begrenzte Abwesenheit ging.

»Dein Projekt besteht nicht nur aus dem Serum, oder?«

»Jedenfalls ist das limbische, nicht das einzige Serum.«

Frost nahm die Antwort nicht wahr. Er schaute fasziniert auf eine Waffe hinter einer Scheibe. Die Lichtstrahlen der im Boden angebrachten LED-Lampen brachen am Glas und hüllten diese in einem besonderen Glanz. Der grün lackierte Trichter am Ende des Laufs schien förmlich zu glänzen.

Sam spürte, wie beeindruckt der Hüter war.

»Ich nenne ihn den Schocker. Abgefeuert sendet er einen elektrischen Impuls, welcher zum sofortigen Herzstillstand führt. Das Opfer spürt so gut wie nichts und ist sofort tot.«

»Eine recht humane Waffe wie es mir scheint.«

Sam nickte.

»Vielleicht hätte ich dir die obere Etage vorher zeigen sollen?«, fügte sie mit einem Schmunzeln hinzu.

Frost wandte seinen Blick vom Schocker ab.

»Ich bin bereit.«

Sam bewegte sich zurück zur Bibliothek, Frost folgte ihr und der Raum verschloss sich wieder automatisch. Zielstrebig ließen sie das Zimmer hinter sich und betraten die Wendeltreppe. Diesmal ging sie nicht zurück in den Wohnbereich, sondern bewegte sich in die Etage darüber.

Alles was Frost bisher zu Gesicht bekam hatte ihn völlig aus den Socken gehauen. Das gesamte Haus steckte voller Überraschungen. Es war wie ein Gebäude aus einer anderen Zeit. Der Jetzigen definitiv voraus. Das lag nicht nur an der futuristischen Außenfassade, und dem geheimen Raum hinter der Bibliothek. Das gesamte Haus war auch von innen so ausgelegt. Optisch wirkte es durch die Glaswände und die vielen Deckenlampen und den Leuchten, welche an den Rändern im Boden eingelassen waren wie eine einzige Lichtquelle. Technisch war es mit Sensortechnik und Sprachsteuerung auf dem höchsten Niveau ausgestattet.

Als Frost die erste Etage betrat fühlte er sich diesmal nicht nur in die Zukunft versetzt, sondern hatte das Gefühl, Eintritt in den Himmel zu bekommen. Alles war in ein intensives Weiß getaucht. Der Boden war mit einer makellosen Auslegwegware bedeckt, die optisch so weich erschien, dass er am liebsten mit der Handfläche darübergestrichen hätte.

Wie in der unteren Etage lag wieder ein großer offener Bereich vor ihm, der von einem Kamin und einer riesigen Sitzecke dominiert wurde.

Frost wandte seinen Blick auf eine verglaste Wand, durch die man nicht hindurchsehen konnte.

Sam bemerkte seinen Blick und betätigte ihre Armbanduhr. Sofort verwandelte sich die Glaswand in einen riesigen Fernseher und zeigte einen Nachrichtensender.

»Wenn man es nach einer langen Reise mal gemütlich haben und dennoch auf den neuesten Stand gebracht werden möchte.«

»Ich bin beeindruckt«, sprach Frost leise und sah sich weiter um.

Unweit der Sitzecke thronte ein Bett auf einem Podest zu dem drei Stufen hinführten.

Frost räusperte sich.

»Wie lange werde ich hier wohnen bleiben?«

»Ich hoffe doch für immer.«

Frost erschrak.

»Ich dachte die Überschreibung deines Hauses ist nur für eine bestimmte Zeit und du kommst wieder.«

»Nein. Die Gefahr, dass meine Technologien in falsche Hände geraten, ist zu groß. Ich werde niemals zurückkehren. Wenn die Welt so bleiben soll wie sie ist, wird es keine andere Möglichkeit geben.«

Frost blickte auf den Boden. Er konnte dies unmöglich annehmen. Er war nicht in der Lage den Wert des Hauses zu beziffern. Wie sollte er eine solche Schenkung annehmen?

Sam schien seine Gedanken lesen. Sie legte die Hand an Frosts Kinn und hob mit einem sanften Druck seinen Kopf an, sodass er ihr in die Augen schauen musste.

»Vergiss nicht, dass es kein Geschenk ist, sondern mit einer Gegenleistung verknüpft ist. Diese Gegenleistung entspricht dem Wert des Hauses.«

Wie machte sie das nur?

Frost war verwirrt. Er glaubte schon immer daran, dass die Frauen vom Wesen her, den Männern überlegen waren. Doch dies grenzte eindeutig an eine übersinnliche Fähigkeit. Konnte es sein, dass Samentha Barnes tatsächlich seine Gedanken lesen oder zumindest erahnen konnte? Versetzte das limbische Serum die Wissenschaftlerin in diese Lage? Frost hatte keine Erklärung. Seine Sinne waren seit Langem überfordert. Er wurde mit Reizen überflutet. Zu viele Geheimnisse und neue Wahrheiten. Die Aussicht auf innovative Technologien, die der

Menschheit vielleicht weiterhelfen konnten sich weiterzuentwickeln.

Schließlich war es Sam selbst, die seiner Gefühlswelt den Rest gab. Wie lange war es her, dass er solche Gefühle empfand? Nicht nur wegen seines Jobs als Hüter, hatte er sich fest vorgenommen, es nicht abermals so weit kommen zu lassen. Auch jetzt schien es keinen Sinn zu machen, es zu zulassen, sollten sich beide noch in diesen Tagen wieder verabschieden.

»Vielleicht lag ich bisher falsch…«, unterbrach Frost die Stille.

»…ich dachte bisher es wird nur symbolisch stattfinden, dass die Welt in der Annahme ist, du existierst nicht mehr …«

»Du willst wissen, ob wir uns wiedersehen?«, unterbrach sie den Hüter und es schien, als würde sie erneut seine Gedanken lesen.

Sams Pupillen weiteten sich.

»Ich werde dir sagen, wie mein Plan aussieht. In Cleveland befindet sich mein Labor. Sobald wir das Geschäftliche abgewickelt haben, werde ich dorthin aufbrechen. Ich forsche dort an einer neuen Energiegewinnung. Bei einem Testdurchlauf wird mein Labor implodieren und alles zerstören, was sich in diesem befindet. Ich werde dort sterben und alle

Technologien werden sich gemeinsam mit mir in Luft auflösen. Niemand hat Kenntnis davon, dass sich unter meinem Haus ein geheimes Labor befindet und du wirst dafür sorgen, dass es so bleibt.«

Sie wandte sich ab, ging ein paar Schritte in Richtung der verglasten Außenwand und blickte in den sternenübersäten Nachthimmel.

»Das ist die eigentliche Möglichkeit, dass Blackland seine Gedankenspiele aufgibt. Ich weiß nicht genau was er vorhat, doch ich bin mir sicher, dass es unsere schlimmsten Albträume übertreffen würde.«

Frost schluckte und versuchte einen klaren Kopf zu bekommen. Sein Blick fiel dabei auf die einzige Tür des Bereiches.

»Was befindet sich dahinter? Noch ein Labor.«

Sam drehte sich zu ihm um.

»Ich zeige es dir.«

Elegant bewegte sie sich zu der Glastür und Frost folgte ihr. Dahinter befand sich nicht etwa ein Badezimmer. Es hatte schon etwas von einem Wellnessbereich mit Whirlpool und einer Dusche, die aus einem schwarzen Felsenstein gemeißelt worden waren. Abgerundet wurde das Ganze mit Palmen und dunkelgrünem Efeu. Lächelnd drückte Sam auf ihre Armbanduhr und ein Wasserfall trat plötzlich aus der felsigen Wand und ergoss sich in einem Teich mit bunten Kois.

Frost fehlten die Worte. Was nützte so ein großartiges Haus, wenn man es mit niemanden teilen konnte.

»Wir können gerne mit dem geschäftlichen Abschluss ein paar Tage warten. Du bleibst hier… so als Testphase«, lächelte Sam ihn an.

Frost war sich sicher, dass die schöne Frau wusste, wie sehr er sich zu ihr hingezogen fühlte.

»Ich hätte da nichts gegen. So könntest du mich besser mit den Gepflogenheiten und der Technik des Hauses vertraut machen.«

»Das mache ich sehr gern.«

Gerade als die Wissenschaftlerin einen Schritt auf Frost zu machen wollte, ertönte ein dumpfer Gong.

»Zu so später Stunde?«

Sam betätigte ihre Armbanduhr und ein Lichtkegel projizierte ein Bild in die Luft. Es schien eine Fernsehübertragung der Überwachungsanlage am Eingangstor zu sein.

»Was kann ich um diese Uhrzeit für Sie tun«, sprach Sam.

Ein Mann mit Hut lehnte seinen Kopf aus dem Fenster seines Chryslers und antwortete: »Entschuldigen Sie Maam. Ich bin Inspektor Gooz und ermittle in einem Vorfall, der sich in dem hier nahen gelegenen Wäldchen abgespielt hat. Wie ich in Erfahrung gebracht habe, gehört dieses Grundstück Ihnen und sie sind auch das Wohnhaus, welches sich am nächsten des Vorfalls befindet. Ich wäre Ihnen dankbar, wenn Sie mir einige Fragen beantworten könnten.«

»Kommen sie herein Inspektor Gooz«, antwortete Sam prompt und auf der Bildübertragung war deutlich zu erkennen, wie sich das Eingangstor in der Einfahrt öffnete. Das Bild verschwand und Frost fragte: »Was für ein Vorfall?«

»Ich habe keine Ahnung.«

Gemeinsam bewegten sie sich nach unten in den Wohnbereich, während durch die verglaste Wand zu sehen war, wie der Inspektor seinen Wagen vor dem Haus parkte. Zielstrebig ging Sam zur Eingangstür und öffnete diese kurz bevor Gooz diese erreichte.

»Treten Sie ein, Inspektor Gooz.«

Der Mann nickte dankend und betrat den Wohnbereich. Er blickte auf, als er Frost sah.

»Das ist Alex Frost«, stellte Sam den Hüter vor.

»Ich werde nicht lange stören«, entschuldige sich Gooz.

»Oh es ist okay. Er wird mein Anwesen kaufen und zukünftig hier wohnen. Sicher möchte er auch wissen was im Wald vorgefallen ist. Ich bin gespannt, zumal ich öfters nach einem harten Arbeitstag einen Spaziergang durch meinen Wald mache und die Zerstreuung suche.«

Gooz nahm seinen Hut ab und strich sich mit der Hand über den kahl geschorenen Kopf.

»Eigentlich stecke ich noch mitten in den Ermittlungen. Was exakt passiert ist kann ich Ihnen gar nicht sagen. Waren Sie gestern Nacht auf Ihrem Anwesen?«

»Wird das etwa ein Verhör, Inspektor?«

Dieser schüttelte sofort den Kopf, zupfte sich an seinem schwarzen Schnurrbart und antwortete leicht verunsichert: »Um Gottes willen Nein, Miss Barnes. Ich hoffe nur darauf weitere Informationen zu erhalten von Anwohnern, die vielleicht etwas gesehen oder vielleicht etwas gesehen haben.«

Sam legte den Zeigefinger an die Schläfe und schien nachzudenken.

»Gestern Nacht war ich zu Hause ja.«

»Haben Sie zufällig auch wieder Zerstreuung im Wald gesucht?«

Sam schüttelte den Kopf.

»Ist Ihnen irgendetwas Ungewöhnliches aufgefallen? Haben Sie vielleicht so etwas wie Schreie oder eine Explosion gehört?«

»Wie bitte? Inspektor, nichts von alledem. Bitte sagen Sie mir endlich was sich in meinem Wald abgespielt hat.«

Verlegen wischte sich Gooz abermals mit der Hand über den Glatzkopf.

»Anhand der Überreste konnten wir den fünfunddreißigjährigen Ron Howard identifizieren. Sagt Ihnen der Name etwas.«

»Nein. Diesen habe ich noch nie gehört. Was meinen Sie mit Überresten?«

»Wir fanden die rechte Hand des Opfers und einen Ehering. An der Hand waren Male, die aussahen, als wären sie von den Saugnäpfen eines Kalmars zugefügt worden. Der Rest von ihm lag verteilt im Wald.«

»Wurde er zerstückelt?«, brachte sich nun Frost fragend ein.

Gooz schüttelte den Kopf.

»Püriert trifft es eher.«

»Püriert? Was ist dort passiert?«, hakte Frost entsetzt nach.

»Wir können bisher nur vermuten was passiert ist. Ron Howard ist von innen nach außen gedreht worden.«

»Ich verstehe nicht…«.

»Stellen sie sich das am besten so vor, als wenn jemand einen Sprengsatz verschluckt und dieser dann explodiert. Die ganze Masse war im Wald verteilt.«

Sam verzog das Gesicht und der Inspektor reagierte mit einem Nicken.

»Oh ja, unsere Forensik war sehr gefordert.«

Wir haben schließlich Blutspuren des Opfers entdeckt, welche sich aber plötzlich mitten im Wald verlieren.«

»Mein Gott«, flüsterte Sam, bewegte sich zur Sofaecke und setzte sich.

»Ich wollte Sie sicher nicht beunruhigen Miss Barnes.«

»Schon gut«, antwortete Sam und hob beschwichtigend die Hand.

»Erklären Sie mir das bitte mit den Blutspuren des Opfers«, wandte sich Frost an den Inspektor.

»Wir wissen das Howard nicht allein im Wald war. Wir haben bei seinen Überresten Fußspuren entdeckt.«

»Fußspuren?«

»Ja. Doch sind diese nicht menschlich. Unsere Datenbanken gleichen diese immer noch ab. Bisher konnten wir diese keinem Tier zuordnen. Was auch immer in der Nähe von Howard war, als er explodierte hat eine heftige Ladung Blut und Körpermasse abbekommen und auf seinem weiteren Weg verteilt. Doch plötzlich hören die Fuß und Blutspuren auf.«

»Haben Sie eine Erklärung dafür.«

Gooz schüttelte den Kopf und wandte sich ein letztes Mal an Sam.

»Miss Barnes. Vielleicht sollten Sie auf Ihre Spaziergänge verzichten, bis wir den Fall aufgeklärt haben.«

Sam nickte schweigend.

»Darf ich noch fragen, warum Sie ihr Anwesen verkaufen?«

»Ich bin schwer erkrankt und werde demnächst sterben.«

Gooz schluckte.

Seine Stimme bleib ihm fast weg, als er sich verabschiedete: »Das tut mir leid. Ich danke für ihre Kooperation.«

Er setzte den Hut wieder auf und verließ das Haus. Frost schloss hinter ihm die Tür und beobachtete, wie der Inspektor in seinen Wagen einstieg und fortfuhr.

»Hast du etwas mit dem Vorfall zu tun?«, fragte der Hüter, als er sich in Sams Richtung drehte.

»Ich hoffe nicht. Jedenfalls habe ich an die gestrige Nacht so gut wie keine Erinnerung mehr. Vermutlich habe ich tief und fest geschlafen.«

»Du hast keine Erinnerung mehr?«

»Ja. Eine der Nebenwirkungen des Serums. Ich habe Filmrisse und kann mich an bestimmte Ereignisse nicht erinnern. Es ist, als wenn ich nie dort gewesen wäre.«

»Dann sollte das Serum wohl besser wirklich nie wieder Anwendung finden.«

»Oh. Das jetzige Serum ist eine verbesserte Rezeptur. Nur die ersten Probanden hatten Pech und mussten mit den Nebenwirkungen leben. Die Testperson, welche die verbesserte Form injiziert bekommen hat, kam völlig ohne Nebenwirkungen aus. Ich habe leider bis heute kein Mittel gegen die Nebenwirkungen finden können.«

»Testpersonen?«

»Komm mit«, forderte Sam ihn auf und ging mit ihm in ihr Arbeitszimmer. Sie zeigte auf ein Schriftstück, welches auf einem vollverglasten Schreibtisch lag.

»Die beglaubigte Urkunde, welche dich zum neuen Besitzer des Hauses mitsamt dem Grundstück macht.«

Sie streckte den Zeigefinger aus und zeigte auf einen Laptop.

»Darüber wirst du Zugang zu meiner Datenbank erhalten. Wenn du etwas über die Versuche und deren Testpersonen wissen willst, dann wirst du dort fündig werden. So wie ich die jetzige Lage einschätze werden wir nicht mehr viel Zeit haben. Somit hast du auch keine Gelegenheit mehr es dir anders zu überlegen. Das heißt, ich muss mich auf dich verlassen können.«

Frost nickte stumm. Das verwirrte ihn vollends.

»Wo waren wir gedanklich stehen geblieben?«

Frost kniff die Augen zusammen und antwortete mit einer Gegenfrage.

»Bei einem nicht identifizierbaren Tier, welches in deinem Wald sein Unwesen treibt?«

Sam schüttelte lächelnd den Kopf.

»Nein. Davor. Bevor der Inspektor uns den Abend vermasselte.«

Frost konnte ihrem Lächeln nicht widerstehen. Diese Frau schien so etwas wie magische Fähigkeiten zu haben. Seine Gesichtszüge wurden ebenfalls wieder weich.

»Ich stand beeindruckt in deinem Wellnessbereich dachte darüber nach wie es wohl sein muss im Whirlpool zu entspannen.«

»Dann finde es doch heraus. Ich denke wir könnten beide ein wenig Entspannung vertragen?«

Frost nickte lächelnd und folgte schließlich der Wissenschaftlerin in die obere Etage.

Später

Frost schreckte hoch. Ein tiefer Schrei hatte ihn geweckt. Er musste kurz rekapitulieren, wo er sich befand. Er lag im Bett, allein. Er erschrak, als er Blut auf der weißen Bettdecke sah.

Wo war Sam?

Er erinnerte sich, dass sich gemeinsam im Whirlpool entspannt hatten. Frost hatte keine Ahnung was das für ein Getränk war, was beide da zu sich nahmen, doch schmeckte es gut und machte ihn nur viel zu müde.

Bilder schlugen plötzlich wie Blitze vor seinem geistigen Auge ein. Es mussten Fetzen seines Gedächtnisses sein. Er schmeckte plötzlich ihre Lippen und genoss die Berührungen ihrer Zunge. Sie küssten sich voller Leidenschaft und plötzlich erinnerte er sich, dass es sich immer mehr steigerte. Ihre Hände schienen an jeder Stelle seines Körpers zu sein. Sein Herz raste und er hatte Probleme Luft zu holen. Das letzte an was er sich erinnern konnte war ein stechender Schmerz in der Brust.

Wieder erklang ein tiefer Schrei und hallte durch das Anwesen. Er hob die Bettdecke beiseite und erschauderte, als er Blut an seinen Beinen sah. Frost erhob sich und entdeckte Blutstropfen auf dem weißen Teppich, die zur Wendeltreppe führten. Eilig folgte er der Spur in das untere Stockwerk bis zur Bibliothek stellte fest, dass diese an der Wand, hinter der sich der Zugang zum Geheimlabor befand, endete.

Abermals hallte ein tiefer Schrei durch das Haus und diesmal konnte Frost diesen hinter dem Regal lokalisieren. Hastig nahm er das Buch aus dem Fach, die Geheimtür schob sich zur Seite und ließ den Gesichtsscanner seine Arbeit machen. Die Eisentür verschwand schließlich im Boden und gab den rechteckigen Raum dahinter frei. Die Blutspur ging hier weiter und zog sich bis zur nächsten Tür.

»Guten Morgen Mr. Frost«, begrüßte ihn Clive, die Statue.

»Was kann ich für Sie tun?«

»Gib mir Zugang zu den Waffen.«

Clive nickte und die Wände verschwanden im Boden. Zielsicher bewegte er sich auf den Schocker zu.

»Wie entferne ich das Glas?«

»Das ist kein Glas. Sie können, das, was Sie haben wollen herausnehmen.«

Tatsächlich konnte Frost durch das was wie eine Glasscheibe aussah hindurchgreifen und die Waffe herausnehmen.

Frost zeigte auf das nächste Eingangstor, welches zu dem streng geheimen Bereich der Wissenschaftlerin führte.

»Was geht dort vor sich?«

»Ich denke, Sie wissen es, Sir.«

»Woher soll ich es wissen?«

»Nun. Ich dachte, als ein im System Eingeweihter… mit allen Zugriffsrechten.«

»Was geht hinter der Tür vor sich?«, fragte Frost erneut und seine Stimme klang eindringlich. Er brauchte eine Erklärung!

»Mr. Frost, wie Sie sicher sehen können, befinde ich mich vor dieser Tür. Ich kann Ihnen also nicht sagen was sich dahinter gerade abspielt.«

»Du willst mich doch auf dem Arm nehmen, Clive.«

»Mitnichten Sir.«

»Wer sich auch immer dahinter befindet, musste doch an dir vorbei.«

»Das stimmt, Sir.«

»Wer Clive?«

Frosts Stimme klang noch energischer.

»Miss Barnes Sir.«

»Lass mich zu ihr.«

»Das darf ich nicht. Meine Direktive verbietet dies.«

»Wie lautet deine Direktive, Clive?«

Frost Stimme überschlug sich fast.

Clive blieb unbeeindruckt und beantwortete mit ruhiger Computerstimme die Frage.

»Meine Direktive lautet, dass ich niemanden außer Miss Barnes höchstpersönlich durch diese Tür lassen darf. Dies ist die Basis-Direktive, um zu verhindern, dass etwas aus diesen Räumlichkeiten nach außen gelangt.«

Frost schüttelte den Kopf.

»Nein Clive. Soweit ich weiß, gibt es da eine andere Regelung, und zwar, dass du die Situation bewertest, ob ein Öffnen des Labors gerechtfertigt ist.«

Clive nickte.

»Das ist richtig. Meine Bewertung der Situation ist korrekt. Ich lasse niemanden hinein.«

Wieder ertönte ein tiefer Schrei, welcher diesmal so laut war, dass der Boden erzitterte.

Frost zeigte mit der Hand auf die Tür.

»Clive, wonach hört es sich das deiner Meinung nach an?«

»Ich weiß es nicht.«

»Du weißt es nicht? Du wirst doch aber wohl unterscheiden können, ob es sich gut oder eher schlecht anhört, oder?«

Clive nickte.

»Ja Sir. Ich würde meinen, dass es sich eher schlecht anhört.«

»Gut. Es hört sich also schlecht an und du weißt, dass sich Miss Barnes hinter dieser Tür befindet. Bist du dann nicht der Meinung, dass sie sich in Gefahr befindet?«

»Das könnte sein.«

»Das könnte sein?«

Frost schüttelte wütend den Kopf. Er fühlte, dass er hier wertvolle Zeit verlor, während er mit der künstlichen Intelligenz diskutierte.

»Meinst du nicht, dass dies eine besondere Situation sein könnte, welche mir es erlaubt den Zutritt gewähren?«

Clive schwieg. Er schien über das Gesagte nachzudenken.

»Ich verspreche dir Clive, dass ich nur überprüfen möchte, ob es Samentha gut geht. Ich werde nichts in dem Labor anfassen oder entwenden.«

Clive nickte.

Kurz darauf öffnete die Tür und Frost machte einen Satz nach innen. Die Tür schloss sich hinter ihm wieder und der Hüter versuchte sofort zu realisieren was passierte.

Vor ihm windete sich in einer Blutlache auf dem Fußboden ein Wesen mit Armen und Beinen eines Kraken ähnlich. Frost warf sich zu Boden als einer der Fangarme versuchte nach ihm zu greifen. Er erschauderte als er das Gesicht Sams erkannte. Ihr Körper war geschwollen und wirkte wie schlangenartigen Muskeln eingerollt. Dicke Adern gingen hindurch durch welche sich eine schwarze Flüssigkeit pumpte.

»Du warst das im Wald. Das sind deine Fußabdrücke«, schrie Frost voller Entsetzen.

Eine tiefe Stimme donnerte durch das Labor.

»Töte mich! Ich weiß nicht, wie lange ich noch dagegen ankämpfen kann.«

»Gegen was kämpfst du an?«

»Es ist die Nebenwirkung des Serums. Töte mich. Ich werde dich sonst töten.«

»Ich kann dich nicht töten. Ich will dich nicht töten!«

Frost war entsetzt und durcheinander zugleich. Vor Stunden dachte er noch alles gefunden zu haben wonach er schon immer suchte. Nun dämmerte ihm es, dass das Schicksal ihm ein weiteres Mal in puncto Liebe nicht wohlgesonnen war.

Sam hob einen der Fangarme an und zeigte auf den hinteren Teil des Labors.

»Es muss hier enden. Ich möchte nicht wie enden wie Clive. Töte mich endlich, damit ich Frieden finde.«

»Wie Clive?«

Entgeistert wandte Frost seinen Blick auf den gezeigten Bereich. Dort lag in einem durchsichtigen Gefäß ein weiteres Wesen. Es schien Flossen am ganzen Körper zu haben. Es wirkte wie eine Mischung aus Mensch und Fisch.

»Clive war der erste Proband. Aufgrund der Nebenwirkungen entschied er sich schockgefrieren zu lassen, bis es ein Gegenmittel für diese Nebenwirkungen entwickelt würde. Leider wird es nie eines geben.«

Sam stieß einen weiteren schmerzerfüllten Schrei aus.

»Bring es jetzt hinter dich. Beeil dich bitte, ich kann es nicht mehr kontrollieren.«

Frost richtete den Schocker auf Sam oder auf das was von ihr noch zu erkennen war. Er brüllte laut auf, als er den Mechanismus betätigte. Ein Blitz trat aus dem Trichter nach draußen und drang in das Monster hinein. Die Waffe schleuderte per Rückstoß gegen den Kopf. Ein stechender Schmerz schlug von seiner Schläfe aus in seinem Kopf ein und wanderte durch seinen Körper. Sofort legte sich ein grauer Schleier über seine Augen. Schemenhaft konnte er erkennen wie das Wesen zuckend in sich zusammenfiel und schließlich regungslos am Boden lag. Plötzlich verlor Frost das Gleichgewicht und stürzte zu Boden. alles drehte und bewegte sich. Er robbte sich auf dem Boden entlang zum Ausgang, wo er nach Clive rief, der sofort die Tür öffnete. Mit letzter Kraft zog er sich in den Vorraum. Die Tür hinter ihm schloss wieder. Er wähnte sich in Sicherheit. Schließlich wurde ihm schwarz vor Augen und er verlor das Bewusstsein.

Strange Tales Club

Was ist das? Schon wieder was Neues? Die tausendste Anthologie? Dabei mag ich doch gar keine Kurzgeschichten.

Nun, diese hier wirst du lieben!

Und nicht nur das, denn der STRANGE TALES CLUB ist mehr als nur eine Anthologie. Ab sofort nehmen wir uns die Freiheit, gemeinsam Großes zu wagen, Grenzen zu sprengen … Wir werden nicht nur einfach Geschichten schreiben, die dich unterhalten, berühren, bewegen, sondern ein Zeichen setzen für mehr Miteinander, mehr Kreativität, mehr Vielfalt. In einem Autorenkollektiv ohne Hierarchien widmen wir uns der Kunst des Schreibens und werden dir und der Welt da draußen zukünftig in verschiedenen Genres und mit stetig wechselnden Gastautoren außergewöhnliche Anthologien präsentieren, die ihres Gleichen suchen.

das Autorenkollektiv

Folge uns auf Facebook, Twitter und Instagram. Begleite uns auf einer wahnwitzigen Reise durch die Vielfalt der Literatur. Sei dabei und erlebe hautnah mit, wie aus Visionen Geschichten werden …

Willkommen im STRANGE TALES CLUB!

www.facebook.com/STCAutorenkollektiv
twitter.com/STC_Autoren
www.instagram.com/strangetalesclub

Bisherige Veröffentlichungen:

2016   Emma – Der Feldmob
(Co – Autor Alexander Kühl)

2017   Runaways – Die Gesetzlosen
(erschienen im Redrum Verlag, Alexander Kühl)

2018   Sternenring - Weltende
(Als Selfpublisher, Alexander Kühl)

2018   Ich will nicht sterben
(Anthologie, als Selfpublisher Alexander Kühl)

2019   Runaways II
(erschienen im Redrum Verlag, Alexander Kühl)

2019   STONE – Gerechtigkeit gibt es nur in der Hölle
(Als Selfpublisher, Alexander Kühl)

2019   LOVE NOIR
(Strange Tales Club Anthologie, Alexander Kühl)

2019   STONE II – Der Himmel muss warten
(Als Selfpublisher, Alexander Kühl & Alex Miller)

2019   Ereignishorizont
(Strange Tales Club Anthologie, Alexander Kühl)

2019   Und wenn du stirbst
(Anthologie, als Selfpublisher Alexander Kühl)

2020   RISEN – Runaways III
(Als Selfpublisher, Alexander Kühl)

2020   Sommerkalt
(Strange Tales Club Anthologie, Alexander Kühl)

2020   Du sollst nicht töten
(erschienen im Blutwut Verlag, Alexander Kühl)

2020 Fanbuch der Stone Crew

2021   STONE III – Tor zur Hölle
(Als Selfpublisher, Alexander Kühl)

2021   STONE – Die komplette Trilogie Sonderband – unzensierte Fassung
(erschienen im KOVD Verlag, Alexander Kühl)

2021   Mordsheimat
(Strange Tales Club Anthologie, Alexander Kühl)

2021 Das Simon-Projekt
(Als Selfpublisher, Alexander Kühl)

2021 Strange Love
(Strange Tales Club Anthologie, Alexander Kühl)

2022 Legend Stone-Crew Tales
(Als Selfpublisher, Alexander Kühl)

2023 Du sollst nicht töten (Neuauflage)
(erschienen im Nectu Verlag, Alexander Kühl)

2023 Gizmo – Origin
(erschienen im Nectu Verlag, Alexander Kühl)

2023 Green – Dead or Live
(erschienen im Nectu Verlag, Alexander Kühl)

2023 Black – A Legend Tale
(erschienen im Schund Verlag, Alexander Kühl)

2023 STONE – I (zensierte Überarbeitung)
(Als Selfpublisher, Alexander Kühl)